紐約客

白先勇

登幽州臺歌

陳子昂

前不見古人　後不見來者
念天地之悠悠　獨愴然而涕下

從國族立場到世界主義〈代序〉

劉俊

在白先勇的小說世界中，有幾個城市給讀者留下了深刻印象，它們是桂林、上海、南京、臺北、芝加哥和紐約。從這些城市的位置分布不難看出，白先勇小說所覆蓋的地理空間涵蓋了太平洋兩岸的中國和美國，而作品中的人物也在從一個城市到另一個城市的遷徙中，漸行漸遠，從中國大陸經由臺灣遠走北美。於是，分屬於中國大陸、臺灣和美國的這些城市，不但成爲白先勇小說人物活動的場景，而且在這些城市的轉換間，也隱含著一條這些人物「行走」的歷史軌跡。

在已經成爲二十世紀華文文學經典的《臺北人》中，白先勇塑造了衆多從大陸來到臺灣的「臺北人」形象，在從桂林、上海、南京到臺北的空間轉換中，這些身在臺北的「臺北人」揮之不去的卻是桂林記憶、上海記憶和南京記憶，某種意義上講，正是這種「身移」而「心不轉」的錯位，身在臺北卻對桂林、上海和南京難以忘懷，導致這些「臺北人」的心靈痛苦和精神悲劇。

《臺北人》中的城市更迭，源自國共兩黨此消彼長所引發的中國社會的乾坤旋轉，不管小說中的人物怎麼「行走」，這些城市畢竟還在中國的版圖之內，人物雖然在大陸的「前世」和臺北的「今生」之間擺盪撕扯，到底也還是中國人自己的事。到了《紐約客》，情形發生了較大的變化，不但人物從中國跨到了美國，而且城市也從臺北轉到了紐約，人和城都出了中國的疆界。假使說《臺北人》重在寫臺北的大陸人的故事，那麼《紐約客》則以紐約的「世界人」爲描寫物件——這裏所謂的「世界人」既指中國人到了國外成了「世界」公民，同時也是指包含了非中國人的外國人。

《紐約客》是白先勇在六十年代就已著手創作的小說系列，《紐約客》之名或許借自美國著名文學雜誌 *New Yorker*，卻與《臺北人》正好成爲一個渾成的佳對。從收錄在《紐約客》爾雅版這個集子中的六篇小說來看，〈謫仙記〉和〈謫仙怨〉寫於二十世紀六十年代，〈夜曲〉和〈骨灰〉發表在二十世紀七、八十年代，〈Danny Boy〉和〈Tea for Two〉則是最近幾年創作的作品。仔細對照這些分屬不同時期的小說，或許可以發現，體現在白先勇《紐約客》中的創作立場，經歷了一個從上個世紀的國族（中國）立場，到近年來的世界主義的變化過程。

《紐約客》中的六篇小說，活動場景雖然以紐約為主，但人物的歷史不是和上海有瓜葛，就是和臺北有牽連，仍然割不斷和中國的聯繫。〈謫仙記〉和〈謫仙怨〉兩篇作品中的主人公李彤和黃鳳儀在上海時都是官宦人家的小姐，可是離開上海（臺北）到了紐約，卻不約而同地成了「謫仙」，由天上的仙境（上海）到了落魄的人間（紐約），是她們共同的人生軌跡，在紐約她們或在自毀自棄中走向死亡，或在自甘墮落中沉淪掙扎。李彤和黃鳳儀的身世巨變，固然由國內政治形勢的天旋地轉而來，可是在上海（臺北）和紐約的城市對比中，作者似乎也隱隱然給我們一種暗示：對李彤和黃鳳儀而言，上海的繁華是她們的，而紐約的熱鬧卻與她們無關；她們在上海時是中國（蒙古）的「公主」，到了紐約卻變成了風塵女郎[註一]。從上海到紐約，她們跨越的不僅是太平洋，更是天上人間的界限——在天上她們是主人，到了人間她們卻成為消費品。〈謫仙記〉、〈謫仙怨〉中的李彤和黃鳳儀，在上海（代表中國、東方）和紐約（代表美國、西方）這兩個大都市中不同的人生和命運，或許並不是偶然，如果聯繫同時代的吳漢魂在芝加哥（《芝加哥之死》）和依萍在紐約近郊安樂鄉（《安樂鄉的一日》）的人生境遇，不難看出，白先勇筆下的那個時代的中國人到了國外成爲「世界人」的時候，他們的困境基本是一致的。

這也就是說，二十世紀六十年代的白先勇，在展示中國人走向世界的時候，是持了一種強烈的國族（中國）立場的，站在中國的角度看，那時候來到紐約（芝加哥）這樣的美國大都會的中國人，遭遇的是一種放逐，一種謫仙和一種人生的巨大落差。《臺北人》中的錢夫人們從桂林、上海和南京來到臺北，是國內政治鬥爭的結果，我們從中看到的是同一個國度中的不同人群（跟隨國民黨來台的一群）的命運；到了《紐約客》中的李彤們，她們從上海（臺北）來到紐約，原因可能還是國內政治鬥爭的結果，可反映的卻是同一種人群（中國人）在不同文化中的命運。因此，如果把白先勇在《臺北人》中的立場，概括爲站在失敗者的一邊，同情那些來台的大陸人的話，那麼在〈謫仙記〉和〈謫仙怨〉中，他則站在中國人的立場，對在中西文化夾縫中失魂落魄、沉淪墮落的「謫仙」們，寄予了深深的悲憫。值得注意的是，當〈謫仙記〉中的李彤輾轉在一個又一個外國男人之間，〈謫仙怨〉中的黃鳳儀成爲外國男人的性消費品的時候，其中的男女關係，已然隱含了「東方／女人／弱勢出賣者對西方／男人／強勢購買者」的二元對立框架，這使〈謫仙記〉和〈謫仙怨〉在某種意義上講，成為二十世紀六十年代華文文學中最早隱含（暗合）文化殖民論述的兩篇作品（李彤和黃鳳儀象徵了東方弱勢文化，而西方男性則象徵了西方強勢文化，男性對女性的佔有，也就帶有了文化征服的意味），而白先勇對李彤和黃鳳儀的深切悲憫，正體現出他的國族（中國）立場和東方意識。

發表於二十世紀七、八十年代的〈夜曲〉和〈骨灰〉，是兩篇政治意識強烈的作品。這兩篇小說在反思中國人政治選擇是否具有「正當性」的基礎上，寫出了二十世紀中國政治鬥爭所引發的人生的荒誕。〈夜曲〉寫的是一群留學海外的中國人與祖國的關係和由此導致的不同命運，當初沒來得及回國的吳振鐸在國外事業有成，但愛情不幸（和美國猶太人最終分手），學成回國的呂芳、高宗漢、劉偉卻在國內遭遇歷次政治運動，最後高宗漢在「文革」中自殺，劉偉變得學會在險惡的政治環境下自我保護，呂芳則在「文革」後重返紐約。當吳振鐸和呂芳這對戀人二十五年後在紐約重逢時，滄海桑田，物是人非，一切都已不同，吳振鐸的異國婚姻，以失敗告終，而當初呂芳等人「正確」的人生選擇，二十五年後卻因政治的動亂而顯出了它的荒誕性——這種人生的荒誕性到了〈骨灰〉中變得更加令人觸目驚心，當年一對表兄弟，一個是對國民黨忠心耿耿的特工，一個是站在共產黨一邊的民主鬥士，爲了政治理想，鬥得水火不容，可是多少年後，他們卻在異國重新聚首，此時的特工，已遭國民黨排擠，民主鬥士，也在大陸成了右派，過去的政治對頭，如今到了國外，才又恢復了溫暖的親情。對這些歷劫之後還能倖存的老人來說，最深的感觸是當初的政治鬥爭其實是白費了——在波譎難測的政治鬥爭中，他們都不是贏家，最後都沒有好結果，最終只能流落異邦，在美國以度殘年，乃至終老他鄉。對於〈夜曲〉和〈骨灰〉中的呂芳、大伯和鼎立表伯來說，他們的人生磨難都跟政治相關，而對政治的醒悟卻是以自己的一生爲代價換來的。從中國到美國的路，對他們來說雖然不象李彤和黃鳳儀那樣是從「天上」落到人間，可是經歷了政治鬥爭的煉獄，這段路無論如何走得實在不輕鬆，且代價慘重。

〈夜曲〉和〈骨灰〉在某種意義上講是白先勇站在國族（中國）的立場，

對中國現代歷史中政黨鬥爭的實質所做的反思。在這兩篇小說中，白先勇深懷憂患意識：唯其對中國愛得深，才會對現代史上的中國慘遭政治的撥弄深感痛心；也唯其對中國人愛得深，他才會對呂芳及「我」的大伯、表伯他們最後都離開祖國，以美國爲自己最後的人生歸屬地滿懷無言之痛。這兩篇作品連同前面的〈謫仙記〉和〈謫仙怨〉，看上去是在寫「紐約客」[註二]，其實倒是在寫中國人——此時的「紐約客」只在「紐約的過客」或「紐約的客人」的意義上才能成立。

白先勇筆下眞正的「紐約客」（紐約人）是最近幾年創作的兩篇小說〈Danny Boy〉和〈Tea for Two〉中的人物——這不僅是指這兩部作品中的主人公不再以「過客」或「客人」的身分長居紐約，而是眞正地對紐約有一種歸屬感，並且，作品中的人物也不再限於中國的「紐約客」，而有了外國紐約客（紐約人）的身影。〈Danny Boy〉中的主人公雲哥是個同性戀者，因爲愛上了自己的學生，不容於社會，只好遠走美國，來到紐約，在紐約放縱的結果是染上了愛滋病。就在雲哥對人生徹底絕望之際，他卻在照顧另一位因受強暴而染上愛滋病的患者丹尼的過程中，感受到了「一種奇異的感動」——這使他終於從慾的掙扎中升騰而出，生命重新充實，心靈得以淨化。眞正的「同病相憐」使雲哥衝破了種族的界限，在一種宗教性的大愛中，尋找到了自己心靈的歸屬，在「救人—自救」中完成了自我的救贖。

在〈Tea for Two〉中，「我」是華人而「我」的戀人安弟是中美混血兒，東尼是中國人而他的愛人大偉是猶太人，珍珠是臺山妹而她的伴侶百合是德州人，費南度是菲律賓人而他的「配偶」金諾是義大利裔美國人，這個集聚在「Tea for Two 歡樂吧」中由同性戀者組成的小社群，由於來自世界各地幾乎可以構成一個小型聯合國，就戀人間的眞情和社群中的友誼而言，他們與異性戀社會其實沒有什麼差別。然而，八十年代中期出現的愛滋病「瘟疫」，使這些同性戀者深受其害，當大偉也染上愛滋病，決心和東尼同赴天國之際，這些同性戀者一起到他們的住處爲他們送行，小說最後在倖存者們高唱〈Tea for Two〉的狂歡中結束。

〈Danny Boy〉和〈Tea for Two〉這兩篇小說有一個很明顯的特徵，就是小說所描寫的內容已不再是單純的中國世界，而具有了世界化的色彩，這不僅體現爲小說名稱的英文化，小說人物的聯合國化，而且也是指這兩篇作品所涉及的題材，同性戀和愛滋病，也是一個超越種族、國家和文化的世界性現象。〈Danny Boy〉中雲哥和丹尼的「相互扶持」，以及〈Tea for Two〉中東尼和大偉等人的相濡以沫，同生共死，無疑突顯了人類的一種共相：愛是不分性別和種族的，而愛滋病的蔓延，也不再是哪一個國家、哪一個民族的問題，而是我們人類今天必須面對的共同現實。小說向人們展示的是，在愛滋病面前，人類已經打破了性別、種族、國家和文化的心靈隔閡和區域界限，在一起共同承擔和面對這一世界性的災難。如果說在〈謫仙記〉和〈謫仙怨〉中，我們能從作品中感受到隱含的「中」、「西」（文化）不平等的事實，〈夜曲〉中吳振鐸失敗的婚姻，體現的是「中」、「西」（文化）的不和諧，那麼在〈Danny Boy〉和〈Tea for Two〉中，小說展示的則是「中」、「西」（族群和文化）的融合（雲哥對丹尼的照顧、衆多同性戀「配偶」的構成，以及大偉和東尼家裏中西合璧的家具布置，都說明了這一點），以及不分「中」、「西」（民族、國家）都承擔了同樣命運，「中」、「西」（整個世界）實際上已成爲難以區隔的命運共同體。很顯然，白先勇在這兩篇作品中，一改他過去以國族（中國）立場來表現中國（人）社會、歷史和政治的做法，而以一種世界性的眼光，將世界放在不分「中」「西」的狀態下，描寫世界範圍內的共同問題。這樣的一種轉變，對於白先勇來說，無疑是一次創作上的突破和質變。

於是，我們在《紐約客》中看到，白先勇的筆觸，從表現中國人天上人間的「謫仙」，到中國人對政治的「覺悟」，再到中國人和外國人共同面對「瘟疫」，其間的變化轉型，其實是在逐步深化和拓展自己的創作空間，而在這個過程中，他也從面對「中國人」時所持的國族（中國）立場（思考中國人的海外命運和中國人的政治歷史），轉而爲面對「中國人＋外國人」時採取不限於特定民族、國家和文化的世界主義眼光（思考人類不分種族性別文化的宗教大愛和必須面對的共同問題）——從中體現出的，是白先勇對人類的觀察視野和包容心，愈見廣闊。

《紐約客》的出版昭示出，白先勇筆下的人物，從桂林出發，經過上海、南京、香港、臺北、芝加哥，終於停在了有大蘋果之稱的世界性都市紐約。與此同時，《紐約客》的出版也意味著白先勇的小說世界，已不只是展現中國（人）的人情歷史、文化處境、政治動盪、精神世界，而有了衆多外國人形象的融入，並且，〈Danny Boy〉和〈Tea for Two〉這兩篇小說對愛的涉及，也提升爲一種超越種族、性別和文化的大愛，揭示的問題，也是整個人類共同面臨的人間災難。隨著白先勇小說題材、人物和主題的「走向世界」，他觀察世界的角度，也不只是站在國族（中國）的立場，而是具有了世界主義的高度——這對白先勇來說，應當是他創作上的一大豐富和擴張。

註一：李彤在讀書時被美國同學視為「中國的皇帝公主」，黃鳳儀淪落風塵後「蒙古公主」成了她的招牌——這或許可以說明她有「公主」的氣質，而她的過去也當得起公主的稱號。李彤雖然沒有成為風塵女郎，但她最後的行為和處境，事實上已成為高級的風塵女郎。

註二：《骨灰》的場景不在紐約而在三藩市，但其中的人物就其性質而言與「紐約客」無異，故而這裡籠統稱之。

紐約客

白先勇

謫仙記

慧芬是麻省威士禮女子大學畢業的。她和我結了婚這些年經常還是有意無意的要提醒我：她在學校裡晚上下餐廳時，一逕是穿著晚禮服的。她在廚房裡洗蔬菜的當兒，尤其愛講她在威士禮時代出鋒頭的事兒。她說她那時候的行頭雖然比不上李彤，可是比起張嘉行和雷芷苓來，又略勝了一籌。她們四個人都是上海貴族中學中西女中的同班同學。四個人的家世都差不多的顯赫，其中卻以李彤家裡最有錢，李彤的父親官做得最大。那時他們在上海開舞會，總愛到李彤家虹橋路那幢別墅去，一來那幢德國式的別墅寬大堂皇，花園裡兩個大理石的噴水泉，在露天裡跳舞，泉水映著燈光，景致十分華麗；二來李彤是獨生女，她的父母從小把她捧在掌上長大的，每次宴會，她母親都替她治備得周到異常，吃的，玩的，布滿了一園子。

慧芬說一九四六年她們一同出國的那天，不約而同的都穿上了一襲紅旗袍，四個人站在一塊兒，宛如一片紅霞，把上海的龍華機場都照亮了。她們互相看看，忍不住都笑彎了腰。李彤說她們是「四強」——二次大戰後中美英俄同被列爲「四強」。李彤自稱是中國，她說她的旗袍紅得最艷。沒有人願意當俄國，俄國女人又粗又大，而且那時上海還有許多白俄女人是操賤業的。李彤硬派張嘉行是俄國，因爲張嘉行的塊頭最大。張嘉行很不樂意，上了飛機還在跟李彤鬥嘴。機場裡全是她們四人的親戚朋友，有百把人，當他們踏上飛機回頭揮手告別的當兒，機場裡飛滿了手帕，不停地向她們招搖，像一大群蝴蝶似的。她們四個人那時全都是十七、八歲，毫不懂得離情別意，李彤的母親摟著李彤哭得十分傷心，連她父親也在揩眼睛，可是李彤戴著一副很俏皮的吊梢太陽眼鏡，咧著嘴一逕笑嘻嘻的。一上了飛機，四個人就嘰哩呱啦談個沒了起來。飛機上有許多外國人，都看著她們四個周身穿著紅通通的中國女孩兒點頭微笑。慧芬說那時他們著實得意，好像眞是代表「四強」飛往紐約開世界大會似的。

開始的時候，她們在威士禮的鋒頭算是出足了。慧芬總愛告訴我周末約她出去玩的男孩子如何如何之多，尤其當我不太逢迎她的時候，她就要數給我聽，某某人曾經追過她，某某人對她又如何如何，經常提醒我她當年的風華。我不太愛聽她那些佚事，有時心裡難免撚酸，可是當我看到慧芬那一雙細白的手掌在廚房裡讓肥皂水泡得脫了皮時，我對她不禁格外的憐惜起來。慧芬到底是大家小姐，脾氣難免嬌貴些，可是她和我結婚以後，家裡的雜役苦差，她都操勞得十分奮勇，使得我又不禁對她敬服三分。慧芬說在威士禮時她們雖然各有千秋，可是和李彤比起來，卻都矮了一截。李彤一到威士禮，連那些美國的富家女都讓她壓倒了。威士禮是一個以衣相人的地方。李彤的衣裳多而別致，偏偏她又會裝飾，一天一套，在學校裡晃來晃去，著實惹目。有些美國人看見她一身綾羅綢緞，問她是不是中國的皇帝公主。不多久，她便成了威士禮的聞人，被選為「五月皇后」。來約她出遊的男孩子，難以數計。李彤自以為長得漂亮，對男孩子傲慢異常，有一個唸哈佛法學院叫王珏的男學生，人品學問都是第一流，對李彤萬分傾心，可是李彤表面總是淡淡的，王珏失了望便不去找她了。慧芬說她知道李彤心裡是喜歡王珏的，可是李彤裝腔裝慣了，一下子不願遷就，所以才沒有和王珏好起來。慧芬說她敢打賭李彤一定難過了好一陣子，只是李彤嘴硬，不肯承認罷了。

不久李彤家裡便出了事，國內戰事爆發了，李彤一家人從上海逃難出來，乘太平輪到台灣，輪船中途出了事，李彤的父母罹了難，家當也全淹沒了。李彤得到消息時在醫院裡躺了一個多月，她不肯吃東西，醫生把她綁起來，天天打葡萄糖和鹽水針。李彤出院後沉默了好一陣子，直到畢業時，她才恢復了往日的談笑。可是她們一致都覺得李彤卻變得不討人喜歡了。況且那個時候，每個人的家裡都遭到戰亂的打擊，大家因此沒有心情再去出鋒頭，只好用功讀書起來。慧芬提到她在威士禮的時代，總要冠上：當我是Sophomore的時候。後兩年，她是不大要提的。

我親眼看到李彤，還是在和慧芬的婚宴上。我和慧芬在波士頓認識的，我那時在麻省理工學院念書，慧芬在紐約做事，她常到波城來探親。可是慧芬卻堅持要在紐約舉行婚禮，並且以常住紐約爲結婚條件之一。她說她的老朋友都在紐約做事，只有住在紐約才不覺得居住在外國。我們的招待會在Long Island的新居舉行，只邀了我們兩人要好的朋友。慧芬卸了新娘禮服出來便把李彤、張嘉行和雷芷苓拉到我跟前正式介紹一番。其實她不必介紹我已經覺得她們熟得不能再熟了。慧芬老早在我跟前把她們從頭到腳不知形容了多少遍。見面以後，張嘉行和雷芷苓還差不了哪裡去，張胖雷瘦，都是神氣十足的女孩子。至於李彤的模樣兒我卻覺得慧芬過分低估了些。李彤不僅自以爲漂亮，她著實美得驚人。像一輪驟從海裡跳出來的太陽，周身一道道的光芒扎得人眼睛發疼的。李彤的身材十分高䠷，五官輪廓都異常飛揚顯突，一雙炯炯露光的眼睛，一閃便把人罩住了，她那一頭大鬈蓬鬆的烏髮，有三分之二掠過左額，堆瀉到肩上來，左邊平著耳際卻插著一枚碎鑽鑲成的大蜘蛛，蜘蛛的四對足緊緊蟠在鬢髮上，一個鼓圓的身子卻高高的飛翹起來。李彤那天穿著一襲銀白底子飄滿了楓葉的閃光緞子旗袍，那些楓葉全有巴掌大，紅得像一毬毬火燄一般。女人看女人到底不太準確，我不禁猜疑慧芬不願誇讚李彤的模樣，恐怕心裡也有幾分不服。我那位十分美麗的新娘和李彤站在一起卻被李彤那片艷光很專橫的蓋過去了。那天逢著自己的喜事，又遇見慧芬那些漂亮的朋友，心中感到特別喜悅。

「原來就是你把我們的牌搭子拆散了，我來和你算帳！」

李彤見了我，把我狠狠的打量了幾下笑著說道。李彤笑起來的樣子很奇特，下巴翹起，左邊嘴角挑得老高，一雙眼皮兒卻倏地掛了下來，好像把世人都要從她的眼睛裡攆出去似的，慧芬告訴過我，她們四個女孩子在紐約做事時，合住在一間四房一廳的公寓裡，下了班常聚在一起搓麻將，她們自稱是四強俱樂部。慧芬搬出後，那三個也各自散開，另外搬了家。

「那麼讓我加入你們的四強俱樂部交些會費好不好？」我向李彤她們微微的欠了一下身笑著說道。我的麻將和撲克都是在美國學的，這裡的朋友聚在一起總愛成個牌局，所以我的牌藝也跟著通練了。三個女孩聽見我這樣說，都笑了起來說道：

「歡迎！歡迎！幸虧你會打牌，要不然我們便不准黃慧芬嫁給你了。我們當初約好，不會打牌的男士，我們的會員是不許嫁的。」

「我早已打聽清楚你們的規矩了。」我說，「連你們四強的國籍我都牢記了。李彤是『中國』對嗎？」

「還提這個呢？」李彤嚷著答道：「我這個『中國』逢打必輸，輸得一場糊塗。碰見這幾個專和小牌的人，我只有吃敗仗的份。你去問問張嘉行，我的薪水倒有一半是替她賺的呢！」

「自己牌不行，就不要亂賴別人！」張嘉行說道。

「李彤頂沒有Sportsmanship，」雷芷苓說。

「陳寅，」李彤湊近我指著張嘉行她們說道：「我先給你一個警告：和這幾個人打牌——包括你的新娘子在內——千萬不要做大牌，她們都是小和大王。我這個人打牌要就和辣子，要就寧願不和牌！」

慧芬和其他兩個女孩子都一致抗議，一齊向李彤攻擊。李彤卻微昂著首，倔強的笑著，不肯輸嘴。她髮鬢上那枚蜘蛛閃得晶光亂轉，很是生動。我看見這幾個漂亮的女孩子互相爭吵，非常感到興味。

「我也是專喜和大牌的。」我覺得李彤在三個女孩子的圍攻下顯得有點孤單，便附和她說道。

「是嗎？是嗎？」李彤亢奮的叫了起來，伸出手跟我重重的握了一下，「這下我可找到對手了！過幾天我們來較量較量。」

那天的招待會上，只見到李彤一個人的身影穿來插去，她那一身的紅葉子全在熊熊的燃燒著一般，十分的惹目。我那些單身的男朋友好像遭那些火頭掃中了似的，都顯得有些不安起來。我以前在大學的同房朋友周大慶那晚曾經向我幾次打聽李彤。

我和慧芬度完蜜月回到紐約以後，周大慶打電話給我要請我們去 Central Park 的 Tavern on the Green 吃飯跳舞，他要我替他約李彤做他的舞伴。周大慶在學校喜歡過幾個女孩子，可是一次也沒有成功。他的人品很好，長得也端正，卻不大會應付女孩們。他每次愛上一個人都十分認眞，因此受過不少挫折。我知道他又喜歡上李彤了。我去和慧芬商量時，慧芬卻說關於李彤的事情我最好不要管，李彤太過任性。我知道周大慶是個非常誠實的人，所以一定央求慧芬去幫他約李彤出來。

我們去把李彤接到 Central Park，她穿了一襲雲紅紗的晚禮服，相當瀟灑，可是她那枚大蜘蛛不知怎的卻爬到了她的肩膀的髮尾上來，甩蕩甩蕩的，好像吊在蛛絲上一般，十分刺目。周大慶早在 Travern on the Green 裡等我們。他新理了頭髮，耳際上兩條髮線修得十分整齊。他看見我們時立刻站了起來，臉上笑得有點僵硬，還像在大學裡站在女生宿舍門口等候舞伴那麼緊張。我們坐定後，周大慶打開了桌子上一個金紙包的玻璃盒，裡面盛著一朵紫色的大蝴蝶蘭。

周大慶說那是給李彤的禮物。李彤垂下眼皮笑了起來，拈起那朶蝴蝶蘭別在她腰際的飄帶上。周大慶替我們叫了香檳，李彤卻把侍者喚來換了一杯 Manhattan。

「我最討厭香檳了，」李彤說道，「像喝水似的。」

「Manhattan 是很烈的酒呢！」周大慶看見李彤一口便將手中那杯酒喝掉一半，臉上帶著憂慮的神情向李彤說道。

「就是這個頂合我的胃口，」李彤說道，幾下便把一杯 Manhattan 喝盡了，然後用手將杯子裡那枚紅櫻桃撮了起來塞到嘴裡去。有一個侍者走過來，李彤用夾在手指上那截香菸指指空杯說道：

「再來一杯 Manhattan。」

李彤一面喝酒，一面同我大談她在 Yonkers 賭馬的事情。她說她守不住財，總是先贏後輸。她問我會不會撲克，我說很精通。李彤便伸出手來隔著檯子和我重重握了一下，然後對慧芬說道：

「黃慧芬，你的先生眞可愛，把他讓給我算了，我和他可以合開一家賭場。」

我們都笑了起來。周大慶笑得有點局促，他甚麼賭博都不會。李彤坐下來後一直不大理睬他，他有幾次插進嘴來想轉開話題，都遭李彤擋住了。

「那麼你把他拿去吧，」慧芬推著我的肩膀笑著說道。李彤立了起來拉著我的手走到舞池裡，頭靠在我肩上和我跳起舞來。舞池是露天的，周圍懸著許多琥珀色的杜燈，照在李彤的髮及衣服上十分好看。

「周大慶很喜歡你呢，李彤。」我在李彤耳邊說道，周大慶和慧芬也下到了舞池裡來。

「哦，是嗎？」李彤抬起頭來笑道：「叫他先學會了賭錢再來追我吧！」

「他的人很好。」我說。

「不會賭錢的人再好也沒用。」李彤伏在我肩上又笑了起來。

一餐飯下來，李彤已喝掉了五、六杯酒，李彤每叫一杯，周大慶便望著她訕訕的笑著。

「怎麼？你捨不得請我喝酒是不是？」李彤突然轉過頭來對周大慶道，她的兩顴已經泛起了酒暈，嘴角笑得高高的挑起，周大慶窘住了，趕快囁嚅的辯說道：

「不是的，我是怕這個酒太凶了。」

「告訴你吧，沒有喝夠酒，我是沒勁陪你跳舞的。」說著李彤朝侍者彈了一下手指又要了一杯 Manhattan。喝完以後，她便立起身來邀周大慶去跳舞。樂隊正在奏著一支「恰恰」，幾個南美人敲打得十分熱鬧。

「我不大會跳恰恰。」周大慶遲疑的立起身來說。

「我來教你。」李彤逕自走進了舞池，周大慶跟了她進去。

李彤的身子一擺便合上了那支「恰恰」激烈狂亂的拍子。她的舞跳得十分奔放自如，周大慶跟不上他，顯得有點笨拙。起先李彤還將就著周大慶的步子，跳了一會兒，她便十分忘形的自己舞動起來。她的身子忽起忽落，愈轉圈子愈大，步子愈踏愈顛躓，那一陣「恰恰」的旋律好像一流狂飆，吹得李彤的長髮飄帶一齊揚起，她髮上那枚晶光四射的大蜘蛛銜住她的髮尾橫飛起來。她飄帶上那朵蝴蝶蘭被她抖落了，像一團紫繡球似的滾到地上，遭她踩得稀爛。李彤仰起頭，垂著眼，眉頭趨起，身子急切的左右擺動，好像一條受魔笛制住了的眼鏡蛇，不由己在痛苦的舞動著，舞得要解體了一般。幾個樂師愈敲愈起勁，奏到高潮一齊大聲喝唱起來。別的舞客都停了下來，看著李彤，只有周大慶還在勉強的跟隨著她。一曲舞罷，樂師們和別的舞客都朝李彤鼓掌喝采起來，李彤朝樂師們揮了一揮手，回到了座位，她臉上掛滿了汗珠，一綹頭髮覆到臉上來了。周大慶一臉紫脹，不停的在用手帕揩汗。李彤一坐下便叫侍者要酒來。慧芬拍了一拍李彤的手背止住她道：

「李彤，你再喝就要醉了。」李彤雙手摟住慧芬的脖子笑道：

「黃慧芬，我的好黃慧芬。今晚你不要阻攔我好不好？你不知道我現在多麼開心，我從來沒有這麼開心過！」

李彤指著她的胸口嚷著，她眼睛裡射出來的光芒好像燒得發黑了一般。她又喝了兩杯 Manhattan 才肯離開，走出舞廳時，她的步子都不穩了。門口有個黑人侍者替她開門，她抽出一張十元美金給那個侍者搖搖晃晃的說道：

「你們這兒的 Manhattan 全世界數第一！」

回到家中慧芬埋怨了我一陣說：

「我叫你不要管李彤的事，她那麼任性，我眞替周大慶過意不去。」

我和慧芬在紐約頭一兩年過得像曼赫登的地下車那麼鬧忙那麼急促。白天我們都上班，晚上一到家，便被慧芬那班朋友撮了出去。周末的兩天，總有盛宴，日程常常一兩個月前已經排定。張嘉行和雷芷苓都有了固定的男友。張的是一個姓王的醫生，雷的是一個叫江騰的工程師。他們都愛打牌，大家見面，不是麻將便是撲克。兩對戀人的戀愛時間，倒有泰半是在牌桌上消磨過去的。李彤一直沒有固定的對象，她的男伴經常掉換。李彤對於麻將失去了興趣，她說麻將太溫吞。有一個星期六，李彤提議去賭馬，於是我們一行八人便到了Yonkers跑馬場。李彤的男伴是個叫鄧茂昌的中年男人，鄧是從香港來的，在第五街上開了一個相當體面的中國古玩店。李彤說鄧是個跑馬專家，十押九中。那天的太陽很大，四個女孩子都戴了闊邊遮陽帽，李彤穿了一條紫紅色的短褲子，白襯衫的領子高高倒翻起來，很是佻達。

馬場子裡擠滿了人，除了鄧茂昌外，我們都不諳賽馬的竅門。他非常熱心，跑上跑下替我們打聽消息，然後很帶權威的指揮我們你押這一匹、押那一匹。頭一、二場，我們都贏了三、四十塊。到第三場時鄧茂昌說有一匹叫 Lucky 的馬一定中標，要我們下大注，可是李彤卻不聽他的指示說道：

「我偏不要這一匹，我要自己選。」

「李彤，你聽我這次話好不好?·Lucky 一定中彩的。」鄧茂昌焦急的勸說李彤，手裡捏著一大疊我們給他下注的鈔票。李彤翻著賽馬名單指給鄧茂昌道：

「我要買 Bold Lad。」

「Lucky 一定會贏錢的，李彤。」鄧茂昌說。

「我要買 Bold Lad，牠的名字好玩，你替我下五十塊。」

「李彤，那是一匹壞馬啊！」鄧茂昌叫道。

「那樣你就替我下一百塊。」李彤把一疊鈔票塞到鄧茂昌手裡，鄧茂昌還要和李彤爭辯，張嘉行向鄧茂昌說道：

「反正她一個月賺一千多，你讓她輸輸吧！」

「怎麼見得我一定會輸？」李彤揚起頭向張嘉行冷笑道：「你們專趕熱門，我偏要走冷門！」

那一場一起步，Lucky 果然便衝到了前面，兩三圈就已經超過別的馬一大段了。張嘉行雷芷苓和慧芬三個人都興奮得跳了起來。李彤押的那匹馬 Bold Lad 卻一直落在後面。李彤把帽子摘了下來，在空中拚命搖著，大聲喊道：

「Come on, my boy! Come on!」

李彤蹦著喊著，滿面脹得通紅，聲音都嘶啞了，可是她那匹馬仍舊沒有起色，遙遙落在後面。那一場下來，Lucky 中了頭彩，我們每人都贏了一大筆，只有李彤一個人卻輸掉了。下幾場，李彤亂押一陣，專挑名字古怪的冷馬下注。賽完後，我和慧芬贏得最多，兩人一共贏了五百多元，而李彤一個人卻輸掉了四百多。慧芬很高興，她提議我們請吃晚飯，大家一同開到百老滙上一家中國酒館去叫一大桌酒席。席間鄧茂昌一直在談他在香港賭馬的經驗，張嘉行她們聽得很感興味，不停的向他請教。李彤卻指著鄧茂昌道：

「今天就是你窮搗蛋，害得我輸了那麼多。」

「要是你聽我的話就不會輸了。」鄧茂昌笑著答道。

「我爲甚麼要聽你的話？我爲甚麼要聽你的話？」李彤放下筷子朝著鄧茂昌道，她那露光的眼睛閃得好像要跳出來了似的。

「好啦，好啦，下次我們去賭馬，我不參加意見好不好……」鄧茂昌陪笑說道。

「誰要下次跟你去賭馬？」李彤斬斷鄧茂昌的話冷冷說道，「要去，我一個人不會去？」

鄧茂昌沒有再答話，一逕望著李彤尷尬的陪著笑臉，我們也覺得不自然起來，那頓飯大家都沒有吃舒服。

在紐約的第三個年頭，慧芬患了嚴重的失眠症。醫生說是她神經過於緊張的緣故，然而我卻認爲是我們在紐約的生活太不正常損害到她的健康。沒有等到慧芬同意，我便向公司請調，到紐約北部 Buffalo 的分公司去當工程師。搬出紐約的時候，慧芬嘴裡雖然不說，心中是極不願意的。張嘉行卻打電話來責備我說，把她們的黃慧芬拐跑了。在Buffalo住了六年，我們只回到紐約兩次。

一次是因爲雷芷苓和江騰結婚，另一次卻是赴張嘉行和王醫生的婚禮。兩次婚禮上都碰到李彤。張嘉行結婚，李彤替她做伴娘。李彤消瘦了不少，可是在人堆子裡，還是那麼突出，那麼扎眼。招待會是在王醫生 Central Park West 上的大公寓裡舉行的。王醫生的社交很廣，與會的人很多，兩個大廳都擠得滿滿的，李彤從人堆裡閃到我跟前要我陪她出去走走，她把我拉到慧芬身邊笑著說道：

「黃慧芬，把妳先生借給我一下行不行？」

「妳拿去吧，我不要他了。」慧芬笑道。

「當心李彤把妳丈夫拐跑了。」雷芷苓笑道。

「那麼正好，我便不必回 Buffalo 去了。」慧芬笑著說。

我和李彤走進 Central Park 的時候，李彤對我說道：

「屋子裡人多得要命，悶得我氣都透不過來了。老實告訴你吧！陳寅，我是要你出來陪我去喝杯酒去。張嘉行從來不幹好事，只預備了香檳，誰要喝那個。」

我們走到 Tavern on the Green 的酒吧間，我替李彤要了一杯 Manhattan，我自己要了一杯威士忌。李彤喝著酒和我聊了起來。她說她又換了工作，原來的公司把她的薪水加到一千五一個月，她不幹，因爲她和她的主任吵了一架。現在的薪水升高，她升成了服裝設計部門的副主任，不過她不喜歡她的老闆，恐怕也做不長。我問她是不是還住在 Village 裡，她說已經搬了三次家了。談笑間，李彤已經喝下三杯 Manhattan。

「慢點喝，李彤，」我笑著對她說道，「別又像在這裡跳舞那天晚上那樣喝醉嘍！」

「虧你還記得，」李彤仰起頭大笑起來，「那天晚上恐怕我眞的有點醉了，一定把你那個朋友周大慶嚇了一跳。」

「他倒沒有嚇著，不過他後來一直說你是他看過最漂亮的女孩子。」

「是嗎？」李彤笑道，「我想起來了，前兩個月我在 Macy's 門口還碰見他，他陪他太太去買東西。他給了我他的新地址，說要請我到他家去玩。」

「他是一個很好的人。」我說。

「他確實很好，每年他都寄張聖誕卡給我，上面寫著：祝你快樂。」李彤說著又笑了起來，「他很有意思，可惜就是不會賭錢。」

我問李彤還去不去賭馬，李彤一聽到賽馬勁道又來了，她將半杯酒一口喝光，拍我的手背嚷道：

「我來告訴你：上星期我一個人去 Yonkers 押了一匹叫 Gallant Knight 的馬。爆出了冷門！獨得了四百五。陳寅，這就算是我一生最得意的一件事了。沒有那個傢伙在這裡瞎你還記得鄧茂昌呀，那個跑馬專家滾回香港結婚去了。沒有那個傢伙在這裡瞎糾纏，我賭馬的運氣從此好轉，每押必中。」

李彤說著笑得前俯後仰，一疊聲叫酒保替她添酒。我們喝著聊著，外面的天都暗了下來，李彤站起來笑道：

「走吧，回頭慧芬以爲我眞是把她的丈夫搶走了。」

在 Buffalo 的第二年，我們便有了莉莉。莉莉五歲進幼稚園的時候，慧芬警告我說：如果我再在 Buffalo 待住下去，她便一個人帶莉莉回紐約，仍舊去上班。她說她寧願回紐約失眠去。我也發覺在 Buffalo 的生活雖然有規律，可是這種沉悶無聊的生活對我們也是非常不健康的。於是我們全家又搬回紐約，在Long Island上買了一幢新屋。慧芬決定搬進新房子的第一個周末大讌賓客，把我們的老朋友又一齊請來。那天請了張嘉行和雷芷苓兩對夫婦，李彤是一個人來的，此外還有王醫生帶來的幾個朋友，慧芬爲了這次讌客準備了三天三夜，弄了一桌子十幾樣中國菜。吃完飯成牌局的時候，慧芬要張嘉行雷芷苓和李彤四個人湊成一桌麻將，她說要重溫她們「四強俱樂部」時代的情趣，可是李彤打了四圈便和撲克牌這一桌的一位男客對調了。她說她幾年都沒有碰過麻將，張子都忘掉了。爲了使慧芬安心玩牌，我沒有加入牌局，替她兩邊招呼著。當大家玩定了以後，我便到內廳以男客爲主的撲克牌桌去看牌。可是我到那兒時，卻沒有看到李彤。男客們說李彤要求暫退出幾盤，離開了桌子。我在屋內找了一輪都沒有尋見她，當我打開連著客廳那間紗廊的門時，卻看見李彤在裡面，靠在一張乘涼的藤搖椅上睡著了。

紗廊裡的光線黯淡，只點著一盞昏黃的吊燈。李彤半仰著面，頭卻差不多歪跌到右肩上來了。她的兩隻手掛在扶手上，幾根修長的手指好像脫了節一般，十分軟疲的懸著。她那一襲絳紅的長裙，差不多拖跌到地上，在燈光下，顏色陳暗，好像裹著一張褪了色的舊絨毯似的。她的頭髮似乎留長了許多，覆過她的左面，大綹大綹的堆在胸前，插在她髮上的那枚大蜘蛛，一團銀光十分生猛的伏在她的腮上。我從來沒有看到李彤這樣疲憊過，無論在甚麼場合，她給我的印象總是那麼佻撻，那麼不馴，好像永遠不肯睡倒下去似的。我的腳步聲把她驚醒了，她倏地坐了起來，掠著頭髮，打了一個呵欠說道：

「是你嗎，陳寅？」

「妳睡著了，李彤。」我說。

「就是說呀，剛才在牌桌上有點累，退了下來，想在這裡休息一會兒，想不到卻睡了過去——你來得正好，替我弄杯酒來好嗎？」

我去和了一杯威士忌蘇打拿到紗廊給她，李彤呑了一大口，嘆了一下說道：

「喔唷！涼得眞舒服。我剛才在牌桌上的手氣彆扭極了，一晚上也沒拿著一副像樣的牌。你知道打 Show hand 沒有好牌多麼洩氣。我的耐性愈來愈壞，玩撲克也覺得沒甚麼勁道了。」

客廳裡面慧芬、張嘉行、雷芷苓三個人不停的談笑著。張嘉行的嗓門很大，每隔一會兒便聽見她的笑聲壓倒衆人爆開起來。撲克牌那一桌也很熱鬧，清脆的籌碼，叮叮噹噹的滾跌著。

「大概張大姊又在摸清一色了。」李彤搖了一搖頭笑道。李彤看上去又清瘦了些，兩腮微微的削了下去，可是她那一雙露光的眼睛，還是閃爍得那麼厲害。

「再替我去弄杯酒來好嗎？」李彤把空杯子遞給我說道。

我又去和了一杯威士忌拿給她。正當我們在紗廊裡講話的當兒，我那個五歲大的小女兒莉莉卻探著頭跑了進來。她穿了一身白色的絨睡袍，頭上紮了一個天藍的沖天結，一張胖嘟嘟的圓臉，又紅又白，看著實在叫人疼憐。莉莉是我的寵兒，每天晚上總要和我親一下才肯去睡覺。我彎下身去，莉莉墊起腳來和我親了一下響吻。

「不和 auntie 親一下嗎？」李彤笑著對莉莉說道。莉莉跑過去扳下李彤的脖子，在李彤額上重重的親了一下。李彤把莉莉抱到膝上對我說道：

「像足了黃慧芬，長大了也是個美人兒。」

「這是甚麼，auntie?」莉莉撫弄著李彤手上戴的一枚鑽戒問道。

「這是石頭。」李彤笑著說。

「我要。」莉莉嬌聲嚷道。

「那就給妳。」李彤說著就把手上那枚鑽戒卸了下來，套在莉莉的大拇指上。莉莉舉起她肥胖的小手，把那枚鑽戒舞得閃閃發光。

「那麼貴重的東西不要讓她玩丟了。」我止住李彤道。

「我眞的送給莉莉的。」李彤抬起頭滿面認眞的對我說道，然後俯下身在莉莉臉上親了一下說道：「Good girl，給妳做陪嫁，將來嫁個好女婿好嗎?去，去，拿去給妳爸爸替你收著。」

莉莉笑吟吟的把那枚鑽戒拿給我，便跳蹦蹦去睡覺了。李彤指著我手上的大鑽戒說道：「那是我出國時我媽媽給我當陪嫁的。」

「妳那麼喜歡莉莉，給妳做乾女兒算了。」我說道。

「罷了，罷了。」李彤立起身來，嘴角又笑得高高的挑了起來說道：「莉莉有黃慧芬那麼個好媽媽還要我幹甚麼？你看看，我也是個做母親的人嗎？我們進去吧！我已經輸了好些籌碼，這下去撈本去。」

這次我們回到紐約來，很少看到李彤。我們有牌局，她也不大來參加了。有人說她在跟一個美國人談戀愛，也有人卻說她和一個南美洲的商人弄得很不清楚。一天，我和慧芬開車下城，正當我們轉入河邊公路時，有一輛龐大金色的敞篷林肯，和我們的車子擦身而過，超前飛快駛去，裡面有一個人大聲喊道：

「黃——慧——芬」

慧芬趕忙伸頭出去，然後嘖著嘴嘆道：

「李彤的樣子眞唬人！」

李彤坐在那輛金色敞車的右前座，她轉身向後，朝著我們張開雙手亂招一陣。她頭上繫了一塊黑色的大頭巾，被風吹起半天高。那輛金色車子像一丸流星，一眨眼，便把她的身影牽走了。她身旁開車的那個男人，身材碩大，好像是個美國人。那是我們最後一次看見李彤。

雷芷苓結婚的第四年才生頭一個孩子，兩夫妻樂得了不得。她的兒子做滿月，把我們請到了她 Riverdale 的家裡去。我們吃完飯成上牌局，打了幾輪撲克，張嘉行兩夫婦才來到。張嘉行一進門右手高舉著一封電報，便大聲喊道：

「李彤死了！李彤死了！」

「哪個李彤？」雷芷苓迎上去叫道。

「還有哪個李彤？」張嘉行不耐煩的說道。

「胡說，」雷芷苓也大聲說道，「李彤前兩個星期才去歐洲旅行去了。」

「你才胡說，」張嘉行把那封電報塞給雷芷苓：「你看看這封電報，中國領事館從威尼斯打給我的。李彤在威尼斯遊河跳水自殺了。她沒有留遺書，這裡又沒有她的親人，還是警察從她皮包裡翻到我的地址才通知領事館打來這封電報。我剛才去和這邊的警察局接頭，打開她的公寓，幾櫃子的衣服——我都不知道怎麼辦才好！」

張嘉行和雷芷苓兩人都一齊爭嚷著：李彤爲甚麼死？李彤爲甚麼死？兩個人吵著聲音都變得有點憤慨起來，好像李彤自殺把她們兩人都欺瞞了一番似的。慧芬把那封電報接了過去，卻一直沒有作聲。

「這是怎麼說？她也犯不著去死呀！」張嘉行喊道，「她賺的錢比誰都多，好好的活得不耐煩了？」

「我勸過她多少次：正正經經去嫁一個人，她卻一直和我嬉皮笑臉，從來不把我的話當話聽。」雷芷苓說道。

「這麼多人追她，她一個也不要，怪得誰？」張嘉行說。

雷芷苓走到臥房裡拿出一張照片來遞給大家說道：

「我還忘記拿給你們看，上個禮拜我才接到李彤從義大利寄來的這張照片——誰料得著她會出事？」

那是一張彩色照。李彤站著，左手撈開身上一件黑大衣，很佻健的扠在腰上，右手卻戴了白手套做著招揮的姿勢，她的下巴揚得高高的，眼瞼微垂，還是笑得那麼倔強，那麼孤傲，她背後立著一個大斜塔，好像快要壓到她頭上來了似的。慧芬握著那張照片默默的端詳著，我湊到她身邊，她正在看相片後面寫的幾行字：

親愛的英美蘇：

這是比薩斜塔

中國

一九六〇年十月

張嘉行和雷芷苓兩人還在一直爭論李彤自殺的原因。張嘉行說也許因爲李彤被那個美國人拋掉了，雷芷苓卻說也許因爲她的神經有點失常。可是她們都一致結論李彤死得有點不應該。

「我曉得了，」張嘉行突然拍了一下手說道：「李彤就是不該去歐洲！中國人也去學那些美國人，一個人到歐洲亂跑一頓。這下在那兒可不眞成了孤魂野鬼了？她就該留在紐約，至少有我們這幾個人和她混，打打牌鬧鬧，她便沒有工夫去死了。」

雷芷苓好像終於同意了張嘉行的說法似的，停止了爭論。一時大家都沉默起來，雷芷苓和張嘉行對坐著，發起怔來，慧芬卻低著頭一直不停的翻弄那張照片。男客人坐在牌桌旁，有些撥弄著面前的籌碼，有些默默的抽著菸。先頭張嘉行和雷芷苓兩人吵嚷得太厲害，這時突然靜下來，客廳的空氣驟地加重了一倍似的，十分沉甸起來。正當每個人都顯得有點局促不安的時候，雷芷苓的嬰兒在搖籃裡哇的一聲哭了起來，宏亮的嬰啼沖破了漸漸濃縮的沉寂。雷芷苓驚立起來叫道：

「打牌！打牌！今天是我們寶寶的好日子，不要談這些事了。」

她把大家都拉回到牌桌上，恢復了剛才的牌局。可是不知怎的，這回牌風卻突然轉得熾旺起來，大家的注愈下愈大。張嘉行撈起袖子，大聲喊著：

「Show hand！Show hand！」

將面前的籌碼一大堆一大堆豁琭瑯推到塘子裡去。雷芷苓跟著張嘉行也肆無忌憚的下起大注來。慧芬打撲克一向謹慎，可是她也受了她們感染似的，一動便將所有的籌碼擲進塘子裡。男客人們比較能夠把持，可是由於張嘉行她們亂下注，牌風愈翻愈狂，大家守不住了，都搶著下注，滿桌子花花綠綠的籌碼，像浪頭一般一忽兒湧向東家，一忽兒湧向西家。張嘉行和雷芷苓的先生一直在勸阻她們，可是她們兩人卻像一對戰紅了眼的鬥鷄一般，把她們的先生橫蠻的擋了回去，一贏了錢時便縱身趴到桌子上，很狂妄的張開手將滿桌子的籌碼掃到跟前，然後不停的喊叫，笑得淚水都流了出來。張嘉行的聲音叫得嘶啞了，雷芷苓的個子嬌小，聲音也細緻，可是她好像要跟張嘉行比賽似的，拚命提高嗓子，聲音變得非常尖銳，十分的刺耳。輸贏大了，一輪一輪下去，大家都忘了時間，等到江騰去拉開窗簾時，大家才發覺外面已經亮了。太陽升了上來，玻璃窗上一片白光，強烈的光線閃進屋內，照得大家都瞇上了眼睛，張嘉行丟下牌，用手把臉掩起來。江騰叫雷芷苓去煖咖啡，我們便停止了牌局。結算下來，慧芬和我都是大輸家。

我和慧芬走出屋外時，發覺昨晚原來飄了雪。街上東一塊西一塊，好像發了霉似的。冰泥地上，都起了一層薄薄的白絨毛，雪層不厚，掩不住那污穢的冰泥，沁出點點的黑斑來。

Riverdale附近，全是一式醬色陳舊的公寓房子。這是個星期天，住戶們都在睡早覺，街上一個人也看不見，兩旁的房子，上上下下，一排排的窗戶全遮上了黃色的簾子，好像許多隻挖去了瞳仁的大眼睛，互相空白地瞪視著。每家房子的前方都懸了一架鋸齒形的救火梯，把房面切成了迷宮似的圖樣。梯子都積了雪，好像那一根根黑鐵上，突然生出了許多白毛來。太陽升過了屋頂，照得一條街通亮，但是空氣寒冽，鮮明的陽光，沒有絲毫暖意。

慧芬走在我前面，她披著一件大衣，低著頭，看著地，在避開街上的污雪，她的髮髻鬆散了，垂落到大衣領上，顯得有點凌亂。我忘了帶手套，兩手揷在大衣口袋裡，仍舊覺得十分僵冷。早上的冷風，吹進眼裡，很是辛辣。昨晚打牌我喝多了咖啡，喉頭一直是乾乾的。我們的車子也結了凍，試了好一會兒才發燃火。當車子開到百老匯上時，慧芬打開了車窗，寒氣灌進車廂來，冷得人很不舒服。

「把窗子關起來，慧芬。」我說。

「悶得很，我要吹吹風。」慧芬說。

「把窗子關起來，好嗎？」我的手握著方向盤被冷風吹得十分僵疼。慧芬扭著身子，背向著我，下巴枕在窗沿上，一直沒有作聲。

「關起窗子，聽見沒有？」我突然厲聲喝道，我覺得胸口有一陣按捺不住的煩躁，被這陣冷風吹得湧了上來似的。慧芬轉過身來，沒有說話，默默的關上了車窗。當車子開進Times Square的當兒，我發覺慧芬坐在我旁邊哭泣起來了。我側過頭去看她，她僵挺挺的坐著，臉朝著前方一動也不動，睜著一雙眼睛，空茫失神的直視著，淚水一條條從她眼裡淌了出來，她沒有去揩拭，任其一滴滴掉落到她的胸前。我從來沒有看見慧芬這樣灰白這樣憔悴過。她一向是個心性高強的人，輕易不肯在人前失態，即使跟我在一起，心裡不如意，也不願露於形色。可是她坐在我身旁的這一刻，我卻感到有一股極深沉而又極空洞的悲哀，從她哭泣聲裡，一陣陣向我侵襲過來。她的兩個肩膀隔不了一會兒便猛烈的抽搐一下，接著她的喉腔便響起一陣瘖啞的嗚咽，都是那麼單調，那麼平抑，沒有激動，也沒有起伏。頃刻間，我感到我非常能夠體會慧芬那股深沉而空洞的悲哀，我覺得慧芬那份悲哀是無法用話語慰藉的，這一刻她所需要的是孤獨與尊重。我掉過頭去，不再去看她，將車子加足了馬力，在Times Square的四十二街上快駛起來。四十二街兩旁那些大戲院的霓虹燈還在亮著，可是有了陽光卻黯淡多了。街上沒有甚麼車輛，兩旁的行人也十分稀少，我沒有想到紐約市最熱鬧的一條街道，在星期日的清晨，也會變得這麼空蕩，這麼寂寥起來。

原載現代文學第二十五期　一九六五年七月

謫仙怨

給母親的一封信

媽媽：

上個月你寫來的五封信，我都收到了。我沒有生病，也沒有出事。白天太忙，夜裡上床的時候，才看到床頭邊堆著你的來信，可是又累得不想動筆了，所以就這麼一天又一天的拖了下來。以後你沒接到我的信，千萬不要瞎著急。你信上說最近常失眠，血壓又高到了一百八十度，這還不是東想西想弄出來的？你一個人在台北，不小心保重，弄出了毛病來，我又不能回去照顧你，豈不是給我在國外增添煩惱嗎？既然你現在為我擔心得這樣苦，當初又何必借得一身債送我出國來呢？其實我已經二十五歲了，難道還不懂得照顧自己嗎？媽媽，你的心都是白操了。

這裡這張五百塊的支票，其中三百塊馬上拿去還給舅媽，加上上次我寄回去的五百元，我們總算是把債償清了。剩下的兩百塊，是我寄給你零用的。這是我第一次自己賺錢給你，我要你花得痛痛快快的，不要疼惜我賺的錢，捨不得花在你自己身上。媽媽，你從前常怨命，沒有生個兒子，老來怕無人奉養。其實你瞧，女兒能賺錢，還不是一樣？我老實告訴你，媽媽，很小的時候，我就存了心要賺錢給你用了。有一次在台北，你帶我到舅媽家去，我那時才十歲，那天好像是舅媽生日，她那些官太太朋友都來了。你們打麻將，你那天輸得很厲害，我一直在旁邊偷看你，你的臉都急紅了。結帳時，你悄悄向舅媽借錢，我看見你在舅媽面前低聲下氣的樣子，難過得直想哭。那時我不肯諒解你，我想我們家境既然衰落了，比不過人家，你為甚麼還要常到舅媽家去，和她那些闊朋友應酬，打大牌？爹爹在時，官做得比舅舅還大，你從前也是個高高貴貴的官夫人，為甚麼要自貶身分，到舅媽家去受罪呢？那時我只怨你虛榮，沒有志氣。出國後，這幾年來，我才漸漸的體諒到你的心境。你不到舅媽家，又叫你到哪裡去呢？你從前在上海是過慣了好日子的。我也知道，你對那段好日子，始終未能忘情。大概只有在舅媽家——她家的排場，她家的京戲和麻將，她家來往的那些人物——你才能夠暫時忘憂，回到從前的日子裡去。

有一天，幾個朋友載我到紐約近郊 Westchester 一個闊人住宅區去玩。我走過一幢花園別墅時，突然站住了腳。那是一幢很華麗的樓房，花園非常大，園裡有一個白鐵花棚，棚架上爬滿了葡萄藤。園門敞開著，我竟忘情的走了進去，踱到了那個花棚下面。棚架上垂著一串串碧綠的葡萄子，非常可愛。我一個人在棚子下面一張石凳上坐著，竟出了半天的神，直到那家的一頭大牧羊犬跑來嗅我，才把我嚇了出來。當時我直納悶，為甚麼那幢別墅竟那樣使我著迷。回到家中，我才猛然想起，媽媽，你還記得我們上海霞飛路那幢法國房子，花園裡不也有一個葡萄藤的花棚嗎？小時候我最愛爬到那個棚架上去摘葡萄了。有一次我還記得給蜜蜂叮了一嘴，把鼻子都叮腫了。我那時才幾歲？五歲？你看，媽媽，連我對從前的日子，尚且會迷戀，又何況你呢？所以，媽媽，說真話，現在我倒巴不得望你常到舅媽家去——這也是我一個私心：我知道，你只要在舅媽家玩，就會開心，而且有了病痛，舅媽他們也會照顧你，那樣，便少了我一件牽掛。

其實你掛來掛去，還不是擔心我一個人在紐約過得不習慣，不開心。怎麼會呢？人人都說美國是年輕人的天堂。在紐約住了這幾年，我深深的愛上了這個城市。我一向是喜愛大城市的，哪個大城有紐約這樣多的人，這樣多的高樓大廈呢？戴著太陽眼鏡在Times Square的人潮中，讓人家推著走的時候，抬起頭看見那些摩天大樓，一排排在往後退，我覺得自己只有一點丁兒那麼大了。湮沒在這個成千萬人的大城中，我覺得得到了真正的自由：一種獨來獨往，無人理會的自由。最多有時有些美國人把我錯當成日本姑娘，我便笑而不答，懶得否認，於是他們便認為我是捉摸不透的東方神秘女郎了。媽媽，你說好笑不好笑？在紐約最大的好處，便是漸漸忘卻了自己的身分。真的我已經覺得自己是個十足的紐約客了。老實告訴你，媽媽，現在全世界無論甚麼地方，除了紐約，我都未必住得慣了。

我現在開始做全天的事情，不去上學了。媽媽，你聽到這個話，不必吃驚，也不用難過。我們兩人心裡都明白，從小我便不是一塊讀書的材料，你送我出國，告訴別人是來留學，其實還不是要我來這裡找一個丈夫？那是一般女孩子的命運，並沒有甚麼可恥的。在紐約大學受了這兩年的洋罪，我想通了，美國既是年輕人的天堂，我為甚麼不趁著還年輕，在天堂裡好好享一陣樂呢？

我很喜歡目前在酒館裡的工作，因為錢多。在這裡，賺錢是人生的大目的。我能自食其力，頗感自豪，媽媽，你也應該引以為榮才是。至於找丈夫呢，我覺得你實在不必過慮。我長得並不醜，相信至少還有好幾年，可以打動男人的心。上次你把我的地址電話給了吳伯伯的兒子，叫他來找我，這種事我勸你以後絕對不要再做。你這樣替我找來的人，哪怕好得上天，我也不會要的。而且以後你寫信，不必再提到司徒英。我和他的事情，老早已成過去。我一直沒有對你說，就是怕你知道了，亂給我介紹別人。一年前，司徒英從波士頓打電話給我，告訴我，他在學校醫院裡生病時，一時衝動，和一個美國護士發生了關係。他問我能不能原諒他，要是我肯原諒他，他便馬上來紐約和我結婚。我說不能，他便和那護士結了婚。媽媽，你知道，有時候一個女孩子對那種事情看得很認真的，何況司徒英又是我在大學裡頭一個要好的男孩子呢？不過初戀那種玩意兒就像出天花一樣，出過一次，一輩子再也不會發了。現在沒了感情的煩惱，我反而感到一身輕，過得悠哉遊哉。所以，媽媽，你實在不必替我瞎操心。想嫁的時候，我自己自然會去找。等到我實在老得沒有人要了，那麼再請你替我去捉一個女婿好了。

請你相信我，媽媽，我現在在紐約過得實在很開心。上禮拜我才上街去買了一件一百八十塊錢的冬大衣，翠綠駝絨，翻毛領子的，又輕又暖。媽媽，你沒看見，晚上我穿著新大衣在街上蕩的時候，一副Young Lady的得意勁兒，才是叫你好笑呢！

聖誕節快到了，紐約這幾天大雪，冷得不得了。這是唯一使我不喜歡紐約的地方，冬天太長，滿地的雪泥，走出去，把腳都沾污了。祝你

聖誕快樂

兒
鳳儀上
一九六八年十二月二十日

又：以後不必再寄罐頭來給我，我已經不做中國飯了，太麻煩。

LOWER EAST SIDE, NEW YORK

夜漸深的時分，紐約的風雪愈來愈大。在St. Mark's Plaza的上空，那些密

密麻麻的霓虹燈光，讓紛紛落下的雪花，織成了一張七彩晶艷的珠網。黃鳳儀從計程車裡跳了出來，兩手護住頭，便鑽進了第六街 Rendezvous 的地下室裡去。裡面早擠滿了人，玫瑰色的燈光中，散滿了乳白的煙色。鋼琴旁邊，立著一個穿了一身鐵甲般銀亮長裙的黑女人，正在直著脖子，酸楚急切的喊唱著：Rescue Me！黃鳳儀把她身上那件翠綠大衣卸了下來，交給衣帽間，便擠到酒吧檯的一張圓凳上坐了下來。

「喬治，給我點根火。」黃鳳儀朝著一個穿了紅背心、繫著黑領花的年輕酒保彈了一下手指說道，她從一隻金色的菸盒中，抽出了一根 Pall Mall，塞到嘴裡去。

「嗨！」年輕的酒保一行替黃鳳儀點上菸，一行向她打招呼道，「芭芭拉找了你老半天了。」

「是嗎？」黃鳳儀漫聲應道，她深深的吸了一口菸，隨手便把香菸擱到菸碟上，從皮包裡掏出一隻粉盒，彈開了蓋子，對著鏡子端詳起來。她穿了一件短袖亮黑的緊身緞子旗袍，領頭上，鎖著一枚拇指大殷紅的珊瑚梅花扣，一頭的烏髮，從中分開，披到肩上來。黃鳳儀使勁眨了幾下她那雙粗黑的假睫毛，把假睫毛上的雪珠子抖掉。

「我的乖乖，你可把我等壞了！」一個十分肥大的女人走到黃鳳儀背後，一把摟住了她的腰，在她臉上狠狠的親了一個響吻。肥女人穿了一件粉紅的長裙晚禮服，頭上聳著一頂高大的淺紫色假髮。

「外面那麼大的雪，你沒看見嗎？」黃鳳儀並沒有回頭去便答道，她正擎著一管口紅在描嘴唇。

「乖乖，今晚是周末呢，你不該錯過。好貨都讓那些娃娃釣走啦！」那個肥大的女人雙手環摟住黃鳳儀的腰，湊近她的耳根下咕噥道：「不過，寶貝，莫著急，我揀了個最肥的留著給你今晚受用呢！」

「算了吧，芭芭拉，」黃鳳儀摔開芭芭拉的手，回頭嗔道：「上次不知你從甚麼洞裡給我拉來那個狗娘養的——」

「我把你這個小沒良心，」芭芭拉擰了一下黃鳳儀的面腮，嘎著聲音笑了起來。「誰教你連沒長毛的小狗兒也拉進屋裡去？我不是跟你說過？老的好，

四、五十歲的『糖爹爹』最甜！你等著瞧，你等著瞧。」

說著芭芭拉便離開了酒吧檯，不一會兒，引著一位中年男人走到黃鳳儀的跟前來。那個中年男人，身材碩大，穿著得十分講究，深藍的西裝胸袋口上，露著一角白點子的綠絹，巨大的手掌小指上戴一隻藍寶珠子的方金戒子。一頭銀白的頭髮，把他肥胖的面腮襯得血紅。

「老爺，這就是我們這裡的蒙古公主了。」芭芭拉指著黃鳳儀介紹道。

「哈囉，公主。」中年男人頷首笑道。

「怎麼樣，老爺，不替我們公主買杯酒嗎？」芭芭拉向那個中年男人擠了一下媚眼。

「你喜歡喝甚麼呢，公主？」中年男人朝著黃鳳儀很感興味的上下打量起來。

「『血腥瑪麗』。」黃鳳儀說道。

芭芭拉和那個中年男人一齊放聲呵呵大笑起來。

「難道你不怕血嗎？」中年男人湊上前一步調侃道。

「我就是個吸血鬼。」黃鳳儀說。

芭芭拉笑得大喘起來，那個中年男人也笑得嗆住了，他掩住了嘴，啞咳著說道：

「世界上有這樣美的吸血鬼嗎——」

「喬治，」芭芭拉用手帕向酒保招揮道，「替我們公主調杯『血腥瑪麗』，給這位老爺一杯威士忌，不羼水的。」

「來了，老闆娘。」酒保應道，很快的配了兩杯酒來。中年男人將那杯「血腥瑪麗」遞到黃鳳儀的手上，自己擎著一杯威士忌對黃鳳儀說道：

「公主，容我向你致最高敬意。」他喝了一口酒，便執起了黃鳳儀的一隻手，在她手背上輕輕的吻了一下。黃鳳儀仰起了頭，下巴揚起，微閉著眼睛，將那杯血漿一般紅艷的酒液，徐徐的灌進了嘴裡去，於是芭芭拉便在旁邊鼓掌喝起釆來。

酒吧快打烊的時候，中年男人坐在黃鳳儀身邊，把那張喝得紅亮的胖臉湊到她面上去。

「公主——」他乜斜了醉眼含糊的叫道，然後和她咬著耳朵咕噥起來。黃鳳儀一把將中年男人推開，她歪斜了頭瞅著他，突然，她嬌笑了起來嗔著他道：

「你急甚麼？老蜜糖！」

現代文學第三十七期　一九六九年三月

夜曲

下午四點鐘左右，吳振鐸醫生又踱到客廳的窗邊，去眺望下面的街景去了。吳振鐸醫生穿了一件 Pierre Cardin 深藍色的套頭毛衣，配著一條淺灰薄呢褲，頎長的身材，非常俊雅。他那一頭梳刷得妥妥貼貼的頭髮，鬢腳已經花白了，唇上兩撇髫髭卻修得整整齊齊的。吳振鐸這層公寓，佔了楓丹白露大廈的四樓，正對著中央公園，從上臨下，中央公園西邊大道的景色，一覽無遺。這是一個暮秋的午後，感恩節剛過，天氣乍寒，公園裡的樹木，夏日蓊鬱的綠葉，驟然凋落了大半，嶙嶙峋峋，露出許多蒼黑虬勁的枝幹來。公園外邊行人道那排老榆樹，樹葉都焦黃了，落在地上，在秋風中瑟瑟的滾動著。道上的行人都穿上了秋裝，今年時興曳地的長裙，咖啡、古銅、金黃、奶白，仕女們，嬝嬝娜娜，拂地而過，西邊大道上，登時秋意嫣然起來。在這個秋盡冬來的時分，紐約的曼哈頓，的確有她一份繁華過後的雍容與自如，令人心曠神怡。然而這個下午，吳振鐸卻感到有點忐忑不安起來，因爲再過一個鐘頭，五點鐘，呂芳就要來了。

客廳裡那張橢圓形花梨木殷紅厚重的咖啡桌上，擺上了一套閃亮的銀具：

一隻咖啡壺，一對咖啡杯，另外一對杯子盛著牛奶和糖塊，還有銀碟銀匙，統統擱在一隻大銀盤裡，光燦奪目。早上羅莉泰來打掃的時候，吳振鐸從玻璃櫃將這套銀具取了出來，特地交代她用鋅氧粉把杯壺擦亮。羅莉泰托著這套光可鑑人的銀具出來時，笑嘻嘻的對他說道：「吳醫生，今天有貴賓光臨吧？」羅莉泰倒是猜對了，這套銀具平常擺著，總也沒有用過，還是他們結婚十週年，珮琪在第凡妮買來送給他的，丹麥貨，定製的，每件銀器上面，都精鏤著吳振鐸姓氏字母W的花紋，十分雅致。銀器沾了手上的汗污，容易發烏，所以平常待客，總是用另外一套英國琺瑯磁器，當然，招待呂芳，又是不同了。他記得從前呂芳多麼嗜好咖啡，愈濃愈好，而且不加糖，苦得難以下嚥，呂芳喝起來，才覺得夠勁。吳振鐸已經把廚房裡煮咖啡的電壺插上了，讓咖啡在壺中細細滾，熬個個把鐘頭，香味才完全出來，回頭呂芳來了，正好夠味。

吳振鐸醫生這間寓所，跟中央公園西邊大道那些大廈公寓一般，古老而又有氣派。四房兩廳，客廳特別寬敞。因爲珮琪喜歡古董，客廳裡的家具陳設，都是古風。那套一長兩短的沙發，是維多利亞時代的英國貨，桃花心木的架子，墨綠色的眞皮椅墊，兩張茶几，義大利大理石的檯面，瑩白潤滑，每隻茶几上，擱著一盞古銅座的檯燈，燈罩是暗金色綢子的。珮琪喜歡逛古董家具店，廳裡的擺設，全由她一件一件精心選購而來。只有客廳裡靠窗的那架史丹威三腳大鋼琴卻是他親自買來，送給珮琪做生日禮物的，這架史丹威，音色純美，這些年來，只校正過兩次音。對於鋼琴，珮琪是內行，竟難得她也讚不絕口。鋼琴的蓋子上，鋪上了一張黑色的天鵝絨布，上面擱著一隻釉裡紅的花瓶，裡面插著十二枝鮮潔的大白菊。是吳振鐸早上出去，經過一家花店，買回來的，他挑選了菊花，而且是那種拳頭大圓滾滾的大白菊。他記得從前呂芳那架鋼琴頭上那隻花瓶，瓶裡一逕插著兩三朵大白菊，幽幽的在透著淸香，也不知道有多少年沒有進過花店了，這次進去，一眼看中的，卻仍是那些毬毬白茸茸的菊花。他的記性並不算好，珮琪的生日常常忘掉，好不容易記起了那麼一次，便趕快去買了一架鋼琴送給她。但有些事情，無論怎麼瑣碎，卻總也難以忘卻，好像腦裡烙了一塊疤似的，磨也磨不掉，譬如說，呂芳鋼琴頭上那瓶白得發亮的菊花。

吳振鐸對他這間公寓相當滿意，雖說紐約城裡的治安愈來愈壞，西邊大道，隔壁幾條街，經常發生搶劫殺人的凶案，但楓丹白露這一排大廈卻相當安全，因爲住的人家高尚單純，住了許多醫生。大廈門口，都有看門人守衛，形跡可疑的人物，不容易混進去。而且吳振鐸的私人診所，就開在一樓，夜間急診，最是方便不過。因此，一住下來，便是十幾年，由於習性及惰性，吳振鐸也就不打算再搬家了。此外，在長島的 East Hampton 上，他還購買了一幢海濱別墅，週末可以出城去渡渡假。他常帶了珮琪和大衛，到別墅的海濱去游泳打球，或者乾脆躺在沙灘上曬一個下午的太陽，全家人都曬得紅頭赤臉回來，把大城裡的蒼白都曬掉。兩年前，珮琪和他分手的時候，他毫不猶豫的便把那幢海濱別墅給了珮琪，珮琪喜歡那裡的環境，都是高雅的住宅區，而且大衛又愛在海裡划水，給他們母子住，非常合適。珮琪倒是做得很漂亮，很決絕，城裡公寓的東西，她一件也不取。她對他說，過去的讓它過去，一切從頭再來。珮琪到底有美國猶太人勇猛直前的精神，離婚後的生活，成績斐然。她重新教起鋼琴來，大大小小收了十幾個學生。而且開始交男朋友，跟一個做房地產的經紀商人過往甚密。大概是受了珮琪的鼓舞吧，吳振鐸也躍躍欲試起來，到第五大道薩克斯去添置了幾套時髦的新衣，鬍髭頭髮也開始修剪得整整齊齊。那天他約了西奈山醫院那個既風趣又風騷的麻醉師，安娜・波蘭斯基女士——一個波蘭沒落貴族的後裔——一塊兒到大都會去聽 Leontyne Price 的〈阿依達〉，他心中也不禁將信將疑：半百人生，難道眞還可以重新開始？上次珮琪來找他，商量大衛明年上哈佛大學的事宜，他請她到五十七街那家白俄餐館 Russian Tea-room 去吃俄國大菜，基輔鷄，兩個人三杯「凡亞舅舅」下肚，竟談得興高采烈起來——從前兩夫妻在一塊兒，到了末期，三天竟找不出兩句話——珮琪滔滔不絕，談到她那位炒房地產的男朋友，容光煥發。奇怪的是，他竟沒感到一絲醋意，反而替她高興，那麼快便找到了對象，使得他也感到心安得多。結褵十八年，珮琪很努力，一直想做一個好太太，連自己的音樂事業都擱下了，一心一意，幫助他成爲一個成功的醫師。珮琪對於他的成就，眞是功不可滅。珮琪的父親金醫生是國際知名的心臟科權威，也是吳振鐸在耶西華大學，愛因斯坦研究院唸書時候的指導教授。金醫生不但把一身本事傳授給了這位中國女婿，而且一把將他提到紐約的上流圈子裡去，加上珮琪八面玲瓏的交際手腕，吳振鐸在紐約一路飛黃騰達，繼承了金醫生的衣缽，成爲一個心臟科名醫，連派克大道上有幾個大亨名流都來找吳醫生看病。前年金醫生退休，他在耶西華大學的亞伯・愛因斯坦講座，傳給了吳振鐸。他一生的事業，終算達到了巔峰。那天在愛因斯坦研究院舉行了交接儀式後，回家的路上，珮琪突然掩面悲泣起來：「查理，我已經盡了最大的努力了。」那一刻，他也確實感到，他和珮琪，夫妻的緣分已盡。他只有愧歉，覺得浪費了她的青春，她的生命。他終於不得不承認，他從來沒有眞正愛過珮琪，從來沒有過。婚前那三個月的熱烈追求，回想起來，只不過因爲他那時特別寂寞，特別痛苦，需要安慰，需要伴侶罷了。他等呂芳的信，足足等了兩年，等得他幾乎發了狂。可能麼？他對一個女孩子眞的曾經那般神魂顚倒過麼？當然，他那時只不過是一個二十五歲的學生，而且又是初戀。

振鐸：

我又回到美國來了，現在就在紐約，很想跟你見一次面——

呂芳的信終於來了，可是卻遲了二十五年。

吳振鐸走進廚房裡，咖啡的濃香已經熬出來了。他把電壺撥到低溫，又從碗櫃裡，找出了一盒英國什錦餅乾，用一隻五花瓣的水晶玻璃碟盛了一碟，拿到客廳裡，擱在花梨木咖啡桌上的銀盤裡。還不到五點鐘，客廳裡已經漸漸黯淡下來，吳振鐸把茶几上的兩盞檯燈捻燃，暗金色的光暈便溶溶的散蕩開來。下午羅莉泰問他，要不要在家裡吃飯，他告訴她，晚上要請客人出去上館子，趁機也就把她打發了出去。回頭呂芳來了，他要跟她兩人，單獨相聚一會兒。羅莉泰愛管閒事，太嚕嗦，不過這兩年，他的飲食起居倒還全靠她照顧。羅莉泰是古巴難民，卡斯楚把她的咖啡園沒收了，兒子又不放出來。羅莉泰常常向他嘮叨往事，一談到她兒子，就哭個不停。起初他還禮貌的聽著，後來她一開口，他便藉故溜掉。日間病人的煩怨苦楚，他聽得太多，實在不願再聽羅莉泰的傷心史。這些年來，他磨練出一種本事，病人喋喋不休的訴苦，他可以到達充耳不聞的境界。前天早上，費雪太太的特別護士打電話來告急，他趕到她派克大道那間十二層樓的豪華公寓時，費雪太太剛斷氣，心臟衰竭急性休克而死。死的樣子很猙獰，死前一定非常痛苦。她把那床白緞面的被單蓋覆到她那張老醜而恐怖的臉上時，他的第一個反應是覺得大大的鬆了一口氣。費雪太太不必再受罪，他也得到了解脫。這位闊綽的猶太老寡婦，給他醫治了七年多，夜間急診，總不下十五六次。她經常的害怕，怕死，一不舒服，就打電話來向他求救，有時半夜裡，她那斷斷續續帶著哭音的哀求，聽得他毛骨悚然。有時他自己也不禁吃驚，怎麼會變得如此冷淡，對病人的苦痛如此無動於衷起來。他記得初出茅廬，獨立醫治的第一個病人，是一個年輕的女孩子，學藝術的，人長得很甜，不幸卻患了先天性心臟瓣膜缺損，他盡了全力，也沒能挽回她的生命。那個女孩子猝然病逝後，有很長一段日子，他寢食難安，內心的沮喪及歉疚，幾乎達到不堪負荷的程度。那是他第一次驚悟到，人心原來是一顆多麼複雜而又脆弱的東西。做一個醫生，尤其是心臟科的醫生，生死在握，責任又是何等的嚴肅、沉重。他不禁想到他父親吳老醫生懸壺濟世的精神來。他父親早年從德國海德堡大學學成歸國後，一直在中國落後偏僻的內地行醫，救濟了無數貧病的中國人。抗日期間，國內肺病猖狂，吳老醫生在重慶郊外哥樂山療養院主持肺結核防治中心，他記得他父親白髮蒼蒼，駝著背終日奔走在那一大群青臉白唇，有些嘴角上還掛著血絲的肺病患者中間，好像中國人的苦難都揹負在老醫生那彎駝的背上似的。勝利後，他父親送他留美學醫，臨離開上海時，吳老醫生鄭重的囑咐過他兩件事：一定要把醫術學精。學成後，回到自己的國家，醫治自己的同胞。他父親的第一個願望，他達到了，第二個卻未能履行。當然，許多原因，使他未能歸國，譬如國內的戰事，而且珮琪也絕對不肯跟他回中國去。但是如果呂芳的信，頭一年就來了——那怕就像這封遲到的信，只有短短兩行——他相信，論文趕完，他可能也就回國去了，去找呂芳。那時，他是那麼莫名其妙的愛戀著彈蕭邦夜曲的那個女孩子。

吳振鐸走到那架史丹威鋼琴前面坐了下來，不經意的彈了幾下，蕭邦那首降D大調的夜曲，他早已忘卻如何彈奏了。對音樂的欣賞，近年來，他的趣味變得愈來愈古典，愈嚴峻。莫札特以後的作曲家，他已經不大耐煩。他不能想像自己一度曾經那樣著迷過蕭邦那些浪漫熱情的曲調。當然，那都是受了呂芳的影響。那時他們都住在曼哈頓西邊的六十七街上。呂芳那幢公寓房子裡，住了幾個朱麗亞音樂學院的女學生，拉拉彈彈，經常有人在練提琴鋼琴。平常他也不太注意，有一天傍晚，那是個溫熱的仲夏夜，曼哈頓的夜空剛剛轉紫，他從愛因斯坦研究院做完解剖實驗回來，身上還沾了福馬林的藥味。經過呂芳那幢公寓時，臨街那扇窗子窗簾拉開了，裡面燃著暈黃的燈光，靠窗的那架烏黑的鋼琴頭上，一隻寶藍的花瓶裡，高高的插著三朵白得發亮的菊花。有人在彈琴，是一個穿著丁香紫衣裳一頭長長黑髮的東方女郎，她的側影正好嵌在那暈黃的窗框裡。蕭邦那首降D大調的夜曲，汩汩的流到街上來，羼進了那柔熟的夜色裡。他佇立在街邊，一直聽完了那首夜曲，心中竟漾起一陣異樣的感動。後來他認識了呂芳，發覺她並沒有他想像那麼美，她是一個濃眉大眼，身材修長的北方姑娘，帶著幾分趙燕兒女的豪俊。而她所擅長的，也並不是夜曲那一類纖柔的作品，而是蕭邦那些激昂慷慨一瀉千里的波蘭舞曲。蕭邦逝世百週年紀念，在卡乃基禮堂舉行的鋼琴比賽會上，呂芳贏得了一項優勝獎，演奏的就是那首氣勢磅礴的〈英雄波蘭舞曲〉。呂芳有才，但那還不是吳振鐸敬愛她的主要原因。跟她接近以後，他發現，呂芳原是一個胸懷大志，有見解，有膽識的女子。開始他也並沒有料到他對呂芳，會那樣一往情深。只覺得兩人談得很投契，常常在一起，談理想，談抱負。呂芳出身音樂世家，父親是上海音樂學院的名教授。她要追隨父志，學成後，回國去推廣音樂教育，「用音樂去安慰中國人的心靈」。他自己那時也有許多崇高的理想和計劃：到蘇北鄉下去辦貧民醫院。他記得抗戰後，曾經跟著他父親到鹽城一帶去義診，蘇北地瘠人窮，他看到當地的人，水腫疥癩，爛手爛腳，眞是滿目瘡痍。

那段時期跟他們常在一起的，還有大砲高宗漢，神童劉偉，三個人圍著呂芳，三星捧月一般，週末聚在百老匯上一家猶太人開的咖啡店裡，那家的咖啡煮得特別香，點心也不錯，呂芳一杯又一杯，不停的喝著不放糖的濃咖啡，高宗漢在一本拍子簿上，劃了一張中國地圖，一枝紅鉛筆在那張秋海棠的葉子上，一槓過去，從東到西——那是高宗漢替中國設計的鐵路，從東北的長春橫跨大漠直達新疆的伊犁。高宗漢在布魯克林理工學院學土木工程，專攻鐵道。他是個六呎軒昂的東北大漢，家裡是個地主，有幾百頭牛羊，思想卻偏偏激進，大罵東北人封建落後，要回到東北去改革。他的嗓門大，又口無遮攔，高談闊論起來，一副旁若無人的狂態，一槓紅筆下去，好像中國之命運都決定在他手中了似的。他那時專喜歡跟高宗漢抬槓，把他叫做布什維克恐怖分子。高宗漢也反唇相譏，笑他是小布爾喬亞的溫情主義者。當然高宗漢是笑他在追呂芳。呂芳倒也不偏袒，看見他們兩人爭得面紅耳赤，只是笑著。劉偉卻安靜多了，他人小，五短身材，戴著一副酒瓶底那麼厚的近視眼鏡，等他們爭罷了，他才慢條斯理的聳聳眼鏡，說道：「肥料，中國現在最需要的，就是化學肥料！」劉偉在哥倫比亞唸化工，二十五歲便拿到了博士，論文是寫氮肥的合成法。就那樣，幾個人在咖啡店裡，高論國家興亡，一直泡到深更半夜。那一段日子，他確實是快樂而豐富的。直到一九五一年，呂芳、高宗漢、劉偉幾個人都比他先畢業，一同回國去了，他才突然感到完全孤立起來。他對呂芳是那樣的依戀不捨，一直從紐約送她到舊金山去。呂芳臨上船時，答應過他，一到上海，就馬上給他來信。他們三個人坐的是克利佛蘭總統號，三個人並肩立在甲板上，靠著欄杆，船開航了還在向他招手。呂芳夾在中間，頭上繫著一塊大紅色的絲巾，三個都笑得那般燦爛，就好像加利福尼亞一碧如洗的藍空裡，那片明艷的秋陽一般。然而，二十五年，人世間又該經過多少的滄桑變化了呢？吳振鐸不禁唏噓起來，他抬眼看到鋼琴上那一大捧菊花，插花那隻桃紅的花瓶裡，上面盈盈的水珠還沒有乾，一毬毬白得那般鮮艷，那般豐盛。吳振鐸用手捋了一捋髮鬢，大概呂芳也是一頭星星白髮了吧？吳振鐸有點悵然起來，他突然又想到那個仲夏夜裡，呂芳彈著蕭邦夜曲，窗中映著的側影來。今晚他眞是要跟呂芳好好的談談心，話話舊，兩個人再重溫一下那逝去的歲月。

呂芳的頭髮並沒有變白，只是轉成了鐵灰色，而且剪得短短的，齊著耳根，好像女學生一般。她的人倒是發胖了，變得有點臃腫，穿著一套寬鬆粗呢沉紅色的衣褲，乍看去，反而變得年歲模糊不清。

「老了，是麼，呂芳？」吳振鐸發覺呂芳也在打量他，一邊接過她那件深灰色的大衣，對她笑著說道。

「上了點年紀，你倒反而神氣了，振鐸，」呂芳也笑著應道。

吳振鐸替呂芳將大衣掛到壁櫥裡，然後去把咖啡倒進了銀壺，替呂芳斟了一杯，熱騰騰的咖啡，濃香四溢起來。

「你喜歡黑咖啡，我熬得特別濃，」吳振鐸彎下身去，把銀杯擱在銀碟裡，雙手捧了給呂芳。

「太濃的咖啡，現在倒不敢喝了，」呂芳抬起頭來笑道，「怕晚上失眠。」

「那麼加些牛奶跟糖好麼？」吳振鐸挾了兩塊糖放到呂芳的咖啡裡，又替她倒上了牛奶，自己才斟了一杯，在呂芳對面的沙發椅上坐了下來。

「呂芳，講講你的故事來聽吧！」吳振鐸望著呂芳微笑道，「你信上甚麼也沒有說。」

呂芳笑了一笑，低下頭去，緩緩的在啜著熱咖啡。

「你要聽甚麼？」

「甚麼都要聽！這些年中國發生了這麼多事！」

「那還了得！」呂芳呵呵笑了起來，「那樣三天六夜也講不完了！先說說你自己吧！你這位大醫生，你的太太呢？」

「她是美國人，美國猶太人——我跟她已經分開了。」

「哦！是幾時的事？」

「兩年了，她也是彈鋼琴的，還是你們朱麗亞的呢！不過，她的琴彈得沒有你好。」

「你說說罷咧，」呂芳搖著頭笑道。

「她彈蕭邦，手重得很，」吳振鐸皺起眉頭，而我對她說：「『蕭邦讓你敲壞啦！』」說著吳振鐸跟呂芳都笑了起來。

「你呢，呂芳？你先生呢？他是甚麼人？」

「巧的很，我先生也是個醫生，外科醫生，留英的。」

「哦？他也跟你一塊兒出來了麼？」

「他老早不在嘍，死了快八年了。」

「呂芳，」吳振鐸凝望著呂芳，「我們都走了好長一段路了。」

「我的路走得才遠呢！」呂芳笑道，「兜了一大圈，大半個地球，又回到了原來的地方。那天經過朱麗亞，一時好奇，走了進去，有人在練歌劇，唱茶花女——我簡直不敢相信自己又回到了紐約來。」

「呂芳，這些年你到底在那裡？你的消息，我一點也不知道！」

吳振鐸把那碟英國什錦餅乾捧起來遞給呂芳，呂芳揀了一塊夾心巧克力的，蘸了一下杯裡的咖啡，送到嘴裡，慢慢咀嚼起來。

「大部分的時間都在上海，我回去後，他們把我派到上海音樂學院去教書。當然，其間全中國都跑遍了；最遠還到過東北去呢。」

「你大概桃李滿天下了，」吳振鐸笑道，「從前你還發過宏願：要造就一千個學生。」

「一千個倒沒有，」呂芳也笑了起來，「一兩百個總有了吧。當然，那是剛回去那幾年的事，那時倒眞是幹勁十足，天天一早六點鐘便爬起來騎腳踏車教書去了。中國的學生實在可愛！上海冬天冷，教室沒有暖氣，那些學生戴了露手指的手套，也在拚命的練琴，早上一去，一個音樂學院都是琴聲。我有一個最得意的學生，給派到莫斯科去參加比賽，得到柴可夫斯基獎第二名，跟美國的 Van Cliburn 只有半分之差！我眞感到驕傲，中國人的鋼琴也彈得那麼好——可惜那個學生在文革時讓紅衛兵把手給打斷了。」

「是麼？」吳振鐸微微皺了一下眉，「我也聽聞一些紅衛兵的暴行。」

呂芳低下頭去，啜了一口咖啡輕輕的舒了一口氣。

「呂芳，我要向你興師問罪！」吳振鐸擎起咖啡壺替呂芳添上熱咖啡。

「爲甚麼？」

「我要你償還我兩年寶貴的光陰來！你知道，你回國後，我等你的信？足足等了兩年！到了七百二十九天那天早上，我去開信箱，心裡還抱著一絲希望，希望奇蹟出現。因爲我發過誓：要是那天你的信再不來，我就要把你這個女人忘掉！」吳振鐸說著自己先哈哈的笑了起來，「呂芳，其實我一直沒有忘掉你，常常還想起你來的。你爲什麼一去音訊俱杳？你曾經答應過，回去馬上來信的！」

呂芳一直望著吳振鐸微笑著，隔了好一會兒說道：

「我一回到上海，公安局便派人來要我交代海外關係。他們問得很詳細，而且甚麼都知道。我在紐約去看過國民黨辦的一個國畫展，他們不知怎麼也知道了，問我畫展的門票多少錢。一共問了三次，我前後答錯了，惹了許多麻煩；還用書面交代了半天。一進去，裡面是另外一個世界，跟外面的關係，切斷還來不及，還去自找麻煩？而且──」呂芳遲疑了一下，「我怕我寫信給你，你也會跑了回去。」

「呂芳──」吳振鐸手上的銀啡咖杯擱到那張花梨木的咖啡桌上。

「振鐸，我在裡頭，很少想到你，想到外面，」呂芳定定的注視著吳振鐸，「回去後，等於是另外一生的開始。可是有一次，我卻突然想起你來。六七年，文化大革命鬧得最兇的時候，我們音樂學院首當其衝，被列爲資本主義學閥大本營，給整得很厲害。敎西洋音樂的先生們，尤其是留過學的，統統打成了黑幫，變成革命的對象。群衆衝擊，紅衛兵衝到我家裡，把我帶回去的兩百多張唱片砸得粉碎，幾箱琴譜，我一夜都來不及燒。當然我們一個個都挨鬥了，鬥我的時候，要我向群衆認罪。平常我並沒有犯過政治錯誤，最大的錯誤不該是個留美學生。我站到一隻肥皂箱上，轉了一圈，嘴裡一直唸著：『我是洋奴。』『我是洋奴。』眞是裝瘋呀，那一刻，我突然想起你來，心裡暗自嘀咕：『幸好吳振鐸沒有回來！』」

「咳，呂芳！」

「你不知道，我那時成了有名的『洋奴』，個個都叫我『呂洋奴』——」呂芳咯咯的笑了起來，「大概我確實有點洋派吧，喜歡穿幾件外國帶回去的衣服，而且還有洋習慣，愛喝咖啡，這也教我受了不少累！香港親戚有時寄罐咖啡給我。有學生來看我，我便煮咖啡招待他們——誰知道這卻變成了我主要罪狀之一：毒化學生思想。其實我的『洋奴』罪名恐怕眞還救了我一條命哩！『洋奴』還不是『反革命』，不必治死。在裡頭，想不出個好罪名來，是過不了關的——」

「眞虧了你，呂芳——」吳振鐸含糊的說道。

「我還算好，整個文革只挨過一鞭，」呂芳指了指左邊肩膀笑道，「就打在這裡。有一個時期，我們統統關進了學校裡，隔離審查，吃飯睡覺都是集體行動。從宿舍到飯廳大約有兩百米，每天吃飯，我們都是排隊走去的，不過，要一直彎下身，九十度鞠躬，走到飯廳去，那些紅衛兵在我們身後吆喝著，手裡拿著長皮鞭，趕牛趕羊一般，那個落了隊，便是一鞭過去。有一次，我是在後面，腰實在彎痛了，便直起身來伸了一下，嗖的一聲，左肩上便挨了一鞭，疼得我跳起來，回頭一看，那個紅衛兵，最多不過十五、六歲，又瘦又小，頭上的帽子大得蓋到眉上。我們一個照面，兩人同時都吃了一驚，我看見他一臉青白，嘴唇還在發抖。那些孩子大概給自己的暴行也震住了。我只不過挨過一鞭，我們院長卻給鬥得死去活來，趴在地上逼著啃草。好幾位先生熬不住都自殺了。我們鋼琴系一位女教授，留英的，是個老處女。紅衛兵把她帶回去的奶罩三角褲統統搜了出來，拿到校園裡去展覽。那個老處女當夜開煤氣自盡了，她穿上了旗袍高跟鞋，塗得一臉的胭脂口紅，坐得端端正正死去的。紅衛兵走了，工宣隊又駐了進來，七折八騰，全國最好的一家音樂學院，就那樣毀掉了——」

呂芳聳了聳肩膀，苦笑了一下。

「眞是的，」吳振鐸喃喃應道，「你先生呢？」

「他本來是上海同濟大學醫學院的外科醫生，文革一來就給下放了，一直放到湖北黃崗一個鄉下又鄉下的地方，他最後一封信說，那裡的蚊子，隨便一抓就是一把。他怎麼死的，幾時死的，我到現在還不淸楚。有好長一段時間，我以爲他仍舊活著——」呂芳搖了搖頭，「我跟他的感情其實並不很好，兩人在一起，常吵架，但那幾年，我卻特別想念他，我一個人在上海給完全孤立了起來，連找個人說話也找不到。偏偏那時卻患上了失眠症，愈急愈累愈睡不著。上海八九點鐘，大家都熄燈在家裡躲了起來。一個幾百萬人的都市，簡直像座死城。我躺在床上，睜大眼睛，望著窗外一片漆黑，眞是感到長夜漫漫，永無天明一般——」

「你的失眠症怎麼了？現在還吃藥麼？」吳振鐸關切的問道。

「有時還吃安眠藥。」

「安眠藥不好，我來給你開一種鎭靜劑，不太影響健康的。」

「來到紐約後，我的失眠症倒減輕了許多。一個月最多有四五晚。你不知道我現在多麼貪睡，沒有事，便賴在床上，一直睡到下午兩三點也不肯起來。」說著呂芳自己笑了起來。吳振鐸起身執起銀壺又替呂芳添上了熱咖啡，呂芳垂下頭去，喝了兩口，她把托杯子的銀碟放回桌上，雙手握著咖啡杯，一邊取暖，一邊出起神來。在朦朧柔和的暗金色燈光下，吳振鐸突然怵目到呂芳那雙手，手背手指，魚鱗似的，隱隱的透著殷紅的斑痕，右手的無名指及小指，指甲不見了，指頭變成了兩朵赤紅的肉菌，襯在那銀亮的鏤著W花紋的咖啡杯上，分外鮮明。呂芳也似乎察覺到吳振鐸在注視她的手。

「這是我在蘇北五七農場上的成績，」呂芳伸出了她那隻右手，自己觀賞著似的。

「你到蘇北去過了麼？」

「在徐州附近勞動了兩年，那是文革後期了。」

「從前我跟我父親到過鹽城，那個地方苦得很呢。」

「現在還是一樣苦，我們那個農場漫山遍野的雜草，人那麼高。有一種荊棘，頂可怕！開一團團白花的，結的果實爆開來，一毬毬的硬刺。我們天天要去拔野草，而且不許帶工具，拔下來，個個一雙手都是血淋淋的，扎滿了刺，那些刺扎進肉裡，又痛又脹。晚上在燈下，我們便用針一根根挑出來。我這隻手指甲裡插進了幾根，沒有挑乾淨，中毒化膿，兩隻手指腫得像茄子，又烏又亮——只好將指甲拔掉，把膿擠出來——」

「呂芳——」

吳振鐸伸出手去，一半又縮了回來。呂芳從前那雙手，十指修長，在鋼琴鍵盤上飛躍著，婀娜中又帶著剛勁。呂芳很得意，手一按下去，便是八個音階。那次在卡乃基禮堂中，蕭邦逝世百週年比賽會上，呂芳穿著一襲寶藍的長裙，一頭烏濃的長髮，那首〈英雄波蘭舞曲〉一奏完，雙手瀟灑的一揚，台下喝彩的聲音，直持續了幾分鐘。台上那隻最大的花籃便是他送的，有成百朵的白菊花。呂芳一向大方灑脫，兩人親暱也不會忸怩作態。週末他有時請她出去，到 Latin Quarter 去跳舞，握著她的手，也只是輕輕的，生怕褻瀆了她。他對呂芳的情感，愛慕中，總有那麼一份尊敬。

「呂芳，」吳振鐸望著呂芳，聲音微微顫抖的叫道，「有時我想到你和高宗漢、劉偉幾個人，就不禁佩服你們，你們到底都回去了，無論怎麼說，還是替國家盡了一份力。」

「高宗漢麼？」呂芳又揀了一塊餅乾，嚼了兩口。

「你們回去還常在一起？」

「沒有，」呂芳搖了搖頭，「他給分派到北京，那麼多年，我只見過他一次。」

「哦？」

「那還是六六年，文革剛開始，我給送到北京社會主義學院去學習。有一天，在會堂裡，卻碰見了高宗漢。我們兩人呆了半天，站在那裡互相乾瞪眼，後來我們沒有招呼便分手了。那裡人多分子複雜，給送去，已經不是甚麼好事了，何必還給對方添痲煩？許多年沒見到他，他一頭頭髮倒白光了。」

「高宗漢，他回去造了鐵路沒有？他一直要替中國造一條鐵路通到新疆去的。」

「通新疆的鐵路倒是老早造好了，可是那裡有他的份？」呂芳笑嘆道，

「他回去沒有多久便掛上了耳朵。」

「掛耳朵？」

「這是我們裡頭的話！」呂芳笑了起來，「就是你的檔案裡，思想欄上給打上了問號——」呂芳用手劃了一個耳朵問號，「你曉得的，高宗漢是個大砲，他老先生一跑回去，就東批評、西批評，又說裡面的人造鐵路方法落後，浪費材料，這樣那樣，你說多麼遭忌？有一陣子，國內眞的有計劃造鐵路通新疆了，老高興奮得了不得，到處向人打聽造路的藍圖。他在朋友家裡，碰見了一個他們鐵道部的工程師，還是個清華畢業生，大概是參加築路計劃的，他興沖沖向人家盤問了一夜。那個人寫了封信，密告到他組織裡。那條鐵路，通西伯利亞，與國防有關，一個留美學生，查問得那麼詳細，居心何在？就那樣，那封告密信便像一道符咒，跟了高宗漢十幾年，跟到他死那一天——」

「高宗漢——他死了麼？」吳振鐸坐直了起來，驚問道。

「這些事都是他太太告訴我的——」呂芳長嘆了一口氣，「他太太後來調到上海工作，跟我私下還有些交往。她叔叔是高幹，託人打聽出來的。老高自己，遭人暗算，至死還蒙在鼓裡。他在鐵道部一個單位裡窩了十幾年，做個繪圖員，總也升不上去。老高的個性，怎麼不怨氣沖天？同事們都討厭他，一有運動，便拿他出去鬥，他是地主家庭出身，又留美，正是反面教材的好榜樣！文革老高給整得很慘，被罰去拖垃圾，一天拖幾十車，拖得背脊骨發了炎，還是不准休息。有一天，他的屍體給人發現了，就吊在垃圾坑旁的一棵大樹上——」

「噯——」

「他這一死不打緊，可就害苦了他的太太，自殺者的家屬，黑上加黑。他太太打電話到火葬場，那時北京混亂，死的又多，火葬場本來就忙，何況又是個『自絕於人民』的罪人？便不肯去收屍。你知道，北京夏天，熱得多麼兇猛？兩三天屍體便腫了起來。他太太沒法子，只好借了一架板車，跟兩個兒子，母子三人，把高宗漢的屍體蓋上了油布，自己拖到火葬場去。走到一半，屍體的肚子便爆開了，大腸小腸，淋淋漓漓，灑在街上，一直灑到火葬場——他太太苦苦哀求，火葬場的人才肯把屍體燒化，裝進骨灰匣裡去——」

呂芳和吳振鐸兩人都垂下了眼睛，默默的對坐著，半晌，呂芳才黯然說道：

「臨走前，我還去祭了他的。我買了一隻小的花圈，夜裡悄悄掩進了他太太家。他太太不敢把他的骨灰匣擺出來，一直都藏在書架後面，我去了才拿出來。我把花圈擺上去，鞠了三鞠躬，算是向他告了辭——」

吳振鐸半低著頭，一直靜靜的聽著。

「呂芳——你知道——」吳振鐸清了一清喉嚨，緩緩的抬起頭來，「有一陣子，我還深深的嫉恨過高宗漢——」

「你嫉恨高宗漢？」

「也怨恨過你！」吳振鐸苦笑道，「你一直不給我寫信，我便疑心你和高宗漢好了，從前高宗漢也常常約你出去，我知道你一向對他很有好感——而且，你們又是一塊兒回去的。」

「我很喜歡高宗漢，喜歡他耿直熱心，但我從來沒有愛過他。」

「我嫉恨高宗漢，還有一層原因——我一直沒有肯承認，」吳振鐸的臉上微微痙攣起來，「他有勇氣回國去了，而我卻沒有。這是我多年的一個心病，總好像自己是個臨陣逃脫的逃兵一般。你知道，我父親——他也是個醫生——死了幾十年了。平常我也很少想起他來。可是接到你的信以後，一連兩夜，我都夢見他，夢見他不住的咯血，我怎麼止也止不住，便拚命用手去摀他的嘴巴。他是個肺結核專家，救過許多人的命。他一直是要我回去的，去醫治中國人的病。你看，呂芳，我現在是有名的心臟科醫生了，可是我一個中國人也沒有醫過，一個也沒有——」

「中國人的病，恐怕你也醫不好呢，」呂芳淡淡的笑道。

「我跟珮琪結婚後，我們的朋友全是美國人，中國朋友，我一個也沒有交，中文書也不看，有時在紐約時報上看到中國大陸的消息：百花齊放、大躍進、文化大革命等等，也不過當做新聞報導來看看罷了。我有一個姑媽，前年從中國大陸出來，到了舊金山跟我表姐住。她七十多歲了，她在信上說，在中國大陸曾經吃過許多苦，弄得一身的病，很希望見我一面。去年我到夏威夷開會，經過舊金山，我本可以停一晚去探望她的，可是我沒有，一直飛到火魯奴奴去了。後來我感到很過意不去，覺得自己太狠心——其實我想大概我害怕，怕見到我姑媽受苦受難的模樣——」

吳振鐸乾笑了一下。

「呂芳，你眞勇敢，那樣大驚大險，也熬過來了。」

「我倒想問問你，振鐸，」呂芳笑道，「你是個醫生，你給我解釋一下。一個人在極端危難的時候，肉體會不會突然失去知覺，不再感到痛苦？」

「這個，倒有人研究過，二次大戰，納粹集中營裡的猶太俘虜，就曾經發生過這種現象，這也是一種極端的心理上自我防衛吧。」

「他們替我拔指甲的時候，我整條右臂突然痲掉了，一點也不知道痛。劉偉也跟我說過，有好幾年，他一點嗅覺也沒有。」

「對了，劉偉呢？神童怎麼樣了？」

「他比高宗漢乖覺得多，學會了見風轉舵，所以許多運動都躲了過去，一直在上海龍華第二肥料廠當工程師。文革一來，也挨了！給下放在安徽合肥鄉下，挑了三年半的糞。他人又小，一個大近視，糞桶壓在背上，寸步難行，經常潑得一身的糞，一頭一背爬滿了蛆。他說，他後來進廁所，如入鮑魚之肆，久而不聞其臭！」

呂芳和吳振鐸相視搖著頭笑了起來。

「在裡頭，我們都練就了一套防身術的，」呂芳笑嘆道，「劉偉把這個叫做甚麼來著？對了！『金鐘罩鐵布衫！』神童眞是個寶貝。」

「你的咖啡涼了，我再去溫些熱的來，」吳振鐸起身擎起銀壺。

「夠了，不能再喝，」呂芳止住他道，「再喝今晚眞要失眠了。」

「呂芳，你出來後，檢查過身體麼？健康情形如何？」吳振鐸關注的問道。

「我一直有高血壓的毛病，前兩個月還住過院。醫生告訴我，我的心臟有點衰弱。」

「你的心臟也不好麼？」

「全靠得了病，」呂芳笑道，「才請准退休，設法出來。我向我們組織申請了五年，才申請到許可證。」

「呂芳，你現在──生活還好麼？」吳振鐸試探著問道。

「我現在跟我姐姐住在一起，是她申請我出來的，她對我很照顧，」呂芳說著，低下頭去看了一看手錶，沉吟了一下，說道，「振鐸，今天我來，有一件事想請你幫個忙，可以麼？」

「當然可以！」吳振鐸趕緊應道。

「你能不能借我兩千塊錢──」

吳振鐸正要開腔，呂芳卻忙阻止他道：

「不過有一個條件：你一定要答應讓我以後還給你。等我身體好些，也許再找些學生，教教鋼琴甚麼的，慢慢湊出來。如果你不答應，我就不借了。」

「好的。」吳振鐸遲疑著應道，他立起身來，走到客廳一角一張大寫字檯前，捻亮檯燈坐下，他打開抽屜，取出了支票簿，寫了一張兩千塊的支票。他又拿出一隻藍信封，把支票套進裡面，才拿去遞給呂芳。

「謝了，振鐸。」呂芳也立起身來，接過信封，隨手塞進了衣袋裡。

「呂芳──」

呂芳逕自走向大門，吳振鐸趕緊跟了過去。

「我的大衣呢？」呂芳走到門口，回頭向吳振鐸笑道。

吳振鐸從壁橱裡，把呂芳那件深灰色的大衣取了出來，替呂芳披上，他雙手輕輕的按到了呂芳的肩上。

「呂芳，」吳振鐸低聲喚道，「我在Russian Tearoom訂了一個座。我請你去吃頓晚飯好麼？那家白俄餐館的菜還不錯，地方也優雅。我們再好好談談，這次見面，眞是難得。」

「不了，振鐸，」呂芳回轉身來，一面扣上大衣，「今天也談夠了。而且我還跟我姐姐約好，一塊兒吃飯的。就在這裡轉過去，百老匯上一家中國餐館。」

「呂芳，要是你早跟我連絡上就好了，讓我來醫治你。過兩天，你到我樓下診所來好麼？我替你徹底檢查一次。」

「振鐸——」呂芳垂下了頭去，幽幽說道，「其實一年前，我一到紐約就查到你的地址了。」

「噢，呂芳！」

「老實跟你說吧，振鐸，」呂芳抬起頭來，臉上微微的抽搐著，「本來我是不打算再跟你見面了的。這次回到紐約，甚麼老朋友也沒有去找，只想靜靜的度過餘生。我實在需要安靜，需要休息。可是身子又偏偏不爭氣，病倒在醫院裡，用了一大筆錢，都是我姐姐墊的，她的環境，也並不很好，我不想拖累她，所以只好來麻煩你。」

「呂芳！」

「我現在生活很滿足，眞的很滿足，我在裡頭多年夢寐以求的願望，終於達到了：又回到了紐約來。振鐸，我並沒有你想像那樣勇敢，有兩三次，我差點撐不下去了。可是——我怕死在那個地方。看到高宗漢那種下場，在自己的國家裡，死無葬身之地，實在寒透了心。」

吳振鐸送呂芳走出楓丹白露大廈，外面已經暮靄蒼茫了；中央公園四週高聳入雲的摩天大樓，萬家燈火，早已盞盞燃起。迎面一陣暮風，凜凜的侵襲過來，冷得吳振鐸不由得縮起脖子，連連打了兩個寒噤，他下樓時，忘記把外衣穿上了。呂芳將大衣領子翻起，從大衣口袋中拿出了一塊黑紗頭巾把頭包了起來。

「呂芳——」

中央公園西邊大道上，七八點鐘的人潮洶湧起來，呂芳那襲飄飄曳曳的深灰大衣，轉瞬就讓那一大群金黃奶白各色秋縷淹沒了。吳振鐸在曼哈頓那璀璨的夜色裡，佇立了很久，直到他臉上給凍得發了疼，才轉身折回到丹楓白露大廈。

「外面冷呵，吳醫生，」穿著紅色制服的守門黑人替吳振鐸打開了大廈的玻璃大門。

「謝謝你，喬治，」吳振鐸說道，他搓著雙手，「眞的，外面眞的很冷。」

一九七九年一月二十一—二日中國時報「人間」副刊（高上秦主編）

骨灰

父親的骨灰終於有了下落。一九七八年哥哥摘掉帽子從黑龍江返回上海，便開始四處打聽，尋找父親的遺骸了。他曾經數度到崇明島去查詢，可是不得要領，那邊勞改農場的領導已經換過幾任，下面的人也不甚清楚有過羅任平這樣一個人。「文革」期間，從上海下放到崇明島勞改的知識分子，數以千百計，父親在交通大學執教，雖然資格很老，但只是一個普通數學教授，還稱不上「反動學術權威」。他在崇明島上的生死下落，自然少有人去理會。那個年代，勞改場上倒斃一兩個年邁體衰的知識分子，大概也是一件很平常的事情。哥哥奔走年餘，父親的骨灰下落，始終石沉大海。父親在崇明島上勞改了八年，是一九七六年初去世的，離「四人幫」倒台，只差幾個月的光景。哥哥信上說，按規定，骨灰保存，時限是三年；三年一過，無人認領，便會處理掉，因此他焦急萬分，生怕年限一到，父親的骨灰流離失所，那麼便永無安葬之日了。未料到今年秋天，突然間，峰回路轉，交通大學竟主動出面，協助哥哥到崇明島追查出父親遺骸的所在。哥哥把父親的骨灰，迎回上海家中，馬上打了一個電話到紐約給我，電話中他很激動，他說交大預備替父親開追悼會，爲他平反，恢復名譽，並且特地邀請我到上海去參加。這，都得感謝美國福斯特惠勒公司。今年六月福斯特惠勒與中國工業部簽定了一項合同，賣給北京第一機械廠一批巨型渦輪，這批交易價值三千多萬美金，是公司打開中國市場的第一炮，因此分外重視，特別派我率領一個五人工程師團，赴北京訓練第一機械廠的技術人員。工業部的接待事項籌劃得異常周到，連我們上海徐家匯的老房子也派人去趕著粉刷油漆了一番，並且還新裝上電話，以便我到上海參加父親的追悼會時，可以住在家中，與哥哥團聚。不消說，父親的追悼會，一定也是細心安排的了。

一九四九年春天，上海時局吃緊，父親命母親攜帶我跟隨大伯一家先到台灣，他自己與哥哥暫留上海，等待學期結束，再南下與我們會合。不料父親這一個決定，使得我們一家人，從此分離海峽兩岸，悠悠三十年，再也未能團聚。母親在台灣渡過了她黯淡的下半生，從她長年悒鬱的眼神以及無奈的喟嘆中，我深深地感覺到她對父親那份無窮無盡的思念。最後母親纏綿病床，臨終時她滿懷憾恨，嘆息道：「齊生，我見不到你爹爹了。」她囑咐我，日後無論如何，要設法與父親取得聯繫。

一九六五年我來美國留學，到紐約哥倫比亞大學攻讀工程博士，第一件事就是託香港一位親戚，輾轉與父親聯絡上，透過親戚的傳遞，我與父親開始通信。我們只通了六封，便突然中斷，因爲「文革」爆發了。從此，我也就失去了父親的音訊。哥哥信上說，父親是因爲受了「海外關係」的連累，被打爲「反革命分子」的，而我寫給他的那幾封家書，被抄了出來，竟變成了「裡通外國」的罪證。父親下放崇明島到底受了些什麼罪，哥哥一字未提。他只含蓄地告訴我，父親一向患有高血壓的痼疾，最後因爲腦充血，倒斃勞改場上，死時六十五歲。

去中國的行程，都由公司替我們安排妥當，十二月二十日乘泛美航空飛往上海。十九日，我先飛舊金山，打算在舊金山停留一晚，趁便去探望兩年沒有見面的大伯，在他那裡過夜。大伯住在唐人街的邊緣，一幢老人公寓裡，在加利福尼亞街底的山坡上，是一座灰撲撲四層樓的建築。裡面住的都是中國老人，大多數是唐人街的老華僑，也有幾個是從台灣來的。三年前，我到舊金山開會，第一次到大伯的住所去看他，我進到那幢老人公寓，在那幽暗的走廊上，迎面便聞到一陣中國菜特有的油膩味，大概氤氳日久，濃濁觸鼻。大伯住在樓底一間兩房一廳的公寓裡，那時伯媽還在，公寓的家具雖然簡陋，倒是收拾得整整齊齊的。客廳正面壁上，仍舊懸掛著大伯和蕭鷹將軍合照的那張放大相片，相片差不多占了半面牆，框子也新換過了，是銀灰色，鋁質的。幾十年來無論大伯到哪裡，他一直攜帶著那張大相片，而且一定是掛在客廳正面的壁上。那張相片是抗戰勝利還都南京的那一年，大伯和蕭將軍合照的。大伯說，蕭將軍從來沒跟他部下合照過相，那次破例，因此大伯特別珍惜。相中蕭將軍穿著西裝，面露笑容，溫文儒雅，絲毫看不出曾是一位聲威顯赫，叱吒風雲的英雄人物。大伯那時大概才三十出頭，他立在蕭將軍身側，穿了一身深色的中山裝，剃著個陸軍頭，十分英武的模樣。大伯南人北相，身材魁梧，長得虎背熊腰，一點也不像江浙人，尤其是他那兩刷關刀眉，雙眉一聳，一雙眼睛炯炯有神，頗有懾人的威嚴。後來大伯上了年紀，發胖起來，眼泡子腫了，又長了眼袋，而且淚腺有毛病，一徑淚水汪汪的，一雙濃眉也起了花白，他那張圓厚的闊臉上反而添了幾分老人的慈祥。不過他仍舊留著短短的陸軍頭，正式場合，一定要把他那套深藍色的毛料中山裝拿出來，洗熨得乾乾淨淨的，穿在身上。只是他那一雙腿，卻愈來愈跛了，走起路來，左一拐、右一拐，拖著他那龐大沉重的身軀，顯得異常蹣跚吃力。從前在台灣，我到大伯家去，大伯常常把我和堂哥拘到跟前，聽他數說抗戰期間，他在上海「翦除日寇，制裁漢奸」的英勇事跡。說得興起，他便撈起褲管子亮出一雙毛茸茸的大腿來給我們看，他那雙腿是畸形的，膝蓋佝曲，無法伸直，膝蓋一圈紫瘢累累，他指著他那雙傷殘的腿對我說道：

「齊生，你大伯這雙腿啊，不知該記多少功呢！」

大伯在一次鋤奸行動裡，被一個變節的同志出賣了，落到僞政府「特工總部」的手裡，關進了「七十六號」的黑牢中。大伯在裡面給灌涼水、上電刑、抽皮鞭子，最後坐上了老虎凳，而且還加了三塊磚，終於把一雙腿硬生生地綳折了。大伯被整得死去活來，可是始終沒肯吐露上海區的同志名單，救了不少人的性命。抗戰勝利，大伯抗日有功，頗獲蕭將軍的器重。那張照片，就是那時拍攝的，而大伯的事業同時也達到了他一生中輝煌的巔峰。到了台灣後，因爲人事更替，大伯耿直固執的個性，不合時宜，起先是遭到排擠，後來被人誣告了一狀，到外島去坐了兩年牢。七十年代初，大伯終於全家移民到了美國。上一次我到他的公寓去看他，他和伯媽剛從堂哥帕洛阿圖那個家搬出來。伯媽趁著大伯去洗手間，朝裡面努了努嘴，悄悄對我說道：

「老頭子這回動了眞怒，和媳婦兒子鬧翻了。」

原來大伯住在堂哥家，沒事時就給他兩個小孫子講述「民國史」，大概就像他從前給我和堂哥兩人所上的課類似。偏偏堂嫂卻是一個歷史博士，專修近代史的，而且思想還相當左。她與大伯的「歷史觀」格格不入，她認爲大伯不該盡給她兩個兒子講他那些「血腥事件」。大伯嗤之以鼻，詰問堂嫂道：

「我考考你這個歷史博士：蕭鷹將軍是何年何月何日出事的？出事的地點何在？這件歷史大事你說說看。」

堂嫂答不出來，大伯很得意，他說如果他是主考官，堂嫂的博士考試就通不過。堂嫂背地裡罵了大伯一句：「那個老反動！」大伯卻聽見了，連夜逼著伯媽便搬了出來。老人公寓房租低，大伯在唐人街一家水果舖門口擺了一個書報攤，伯媽也在一家洗衣店裡當出納，兩老自食其力。

「你大伯擺書攤是姜太公釣魚！」伯媽調侃大伯道。

大伯的書報攤左派書報他不賣，右派的又少有人買，只有靠香港幾本電影刊物在撐場面。不過大伯並不在意，他說他跟伯媽兩人是在實踐「新生活運動」。他又開始練字了，從前他在台灣，有一段日子在家中賦閒，就全靠練字修身養性，後來還眞練就了一手好草書，江蘇同鄉會給他開過一次書法展。那天我去的時候，大伯正在伏案揮筆，書寫對聯，錄的是陸放翁的兩句詩：「夜闌臥聽風吹雨，鐵馬冰河入夢來」。一手草書寫得筆走龍蛇，墨跡還沒有乾。大伯說，那副對聯是寫給樓上田將軍的，田將軍也是一位退了役的少將，從前跟大伯是同一個系統，大伯搬進這幢老人公寓，還是田將軍介紹的。田將軍畫馬出名，他的畫在唐人街居然還賣得出去，賣給一些美國觀光客，他自己打趣說他是「秦瓊賣馬」。田將軍送過一幅「戰馬圖」給大伯，大伯回贈對聯，投桃報李。大伯在對聯上落了款，他命我將兩幅對聯高高舉起，他顚拐著退了幾步，頗爲得意地欣賞著自己的傑作，對我笑道：

「齊生，你看看，你大伯的老功夫還在吧？」

舊金山傍晚大霧，飛機在上空盤桓了二十多分鐘才穿雲而下，我從窗戶望下去，整個灣區都浸在迷茫的霧裡，一片燈火朦朧。我到了唐人街，在一家廣東燒臘店買了一隻燒鴨，切了一盤烤乳豬，還有一盒滷鴨掌——這是大伯最喜歡的下酒菜，打了包，提到大伯的住所去。加利福尼亞街底的山坡，罩在灰濛濛的霧裡，那些老建築，一幢幢都變成了黑色的魅影。爬上山坡，冷風迎面掠來，我不禁一連打了幾個寒噤，趕忙將風衣的領子倒豎起來。紐約已經下雪了，因爲聖誕來臨，街上到處都亮起了燦爛的聖誕樹，白絨絨的雪花隨著叮叮咚咚的聖誕音樂飄落下來，反而給人一種溫馨的感覺。舊金山的冷風夾著濕霧，當頭罩下，竟是寒惻惻的，砭人肌骨。

大伯來開門，他拄了一根拐杖，行走起來像是愈加艱難了。

「大伯，我給你帶了滷鴨掌來。」

我舉起手上的菜盒，大伯顯然很高興，接過菜盒去，笑道：

「虧你還想得到，我倒把這個玩意兒給忘了！我有瓶茅台，今晚正用得著這個。」

我放下行李箱，把身上的風衣卸去。大伯公寓裡，茶几、沙發，連地上都堆滿了一疊疊的舊報紙、舊雜誌，五顏六色，非常凌亂，大概都是賣剩下的。

「喏，這就是任平的小兒子——齊生。」

大伯拄著拐杖，蹭蹬到飯桌那邊，把菜盒擱到桌上。這下我才看見，飯桌那邊，靠著窗戶的一張椅子上，蜷縮著一個矮小的老人，大伯在跟那個老人說話。老人顫巍巍地立起，朝著我緩緩地移身過來，在燈光下，我看清楚老人原來是個駝背，而且佝僂得厲害，整個上身往前傾俯，兩片肩胛高高聳起，頸子吃力地伸了出去，頂著一顆白髮蒼蒼的頭顱；老人身子十分羸弱，身上裹著一件寬鬆黑絨夾襖，好像掛在一襲骨架子上似的，走起路來，抖抖索索。

「唔，是有點像任平。」

老人仰起面來，打量了我片刻，點頭微笑道。老人的臉削瘦得只剩下一個巴掌寬，一雙灰白的眉毛緊緊糾在一起，一臉愁容不展似的，他的嘴角完全垂掛了下來，笑起來，也是一副悲苦的神情。他的聲音細弱，帶著顫音。

「他是你鼎立表伯，齊生。」

大伯一面在擺設碗、筷，回頭叫道。

一剎那，我的腦海閃電似地掠過一連串的歷史名詞：「民盟」、「救國會」、「七君子」，這些轟轟烈烈的歷史名詞，都與優生學家名教授龍鼎立息息相關，可是我一時卻無法把當年「民盟」健將、「救國會」領袖、我們家鼎鼎大名的鼎立表伯與目前這個愁容滿面的衰殘老人連在一起。

「你不會認得我的了，」老人大概見我盯著他一直發怔，笑著說道，「我看見你的時候，你才兩三歲，還抱在手裡呢。」

「人家現在可神氣了呀！」大伯在那邊插嘴道，「變成『歸國學人』啦！」

大伯知道我這次去跟北京做生意，頗不以爲然。

「我是在替美國人當『買辦』罷咧，大伯。」我自嘲道。

「現在『買辦』在中國吃香得很啊。」鼎立表伯接嘴道，他尖細的笑聲顫抖抖的。

「你怎麼不帶了太太也回去風光風光？」大伯問道。

「明珠跟孩子到瑞士度假去了，」我答道，隔了片刻，我終於解釋道：「她不肯跟我去中國，她怕中國廁所髒。」

兩個老人愣了一下，隨即呵呵地笑了起來。明珠有潔癖，廁所有臭味她會便秘，連尿也撒不出。我們在長島的家裡，那三間廁所一年四季都吊滿了鮮花，打理得香噴噴的。我們公司有一對同事夫婦，剛去中國旅遊回來，同事太太告訴明珠，她去遊長城，上公廁，發現茅坑裡有蛆。明珠聽得花容失色，這次無論我怎麼游說，也不爲所動。

大伯擺好碗筷，把我們招了過去，大家坐定下來。桌上連我帶來的燒臘，一共有七八樣菜，大概都是館子裡買來的。

「你表伯昨天剛到。」

大伯打開了一瓶茅台，倒進一隻銅酒壺裡，遞了給我。我替大伯、鼎立表伯都斟上了酒。

「今天我替你表伯接風，也算是給你送行。」

大伯舉起了他那隻個人用的青瓷酒杯，卻望著鼎立表伯，兩個老人又搖頭又嘆氣，半晌，大伯才開腔道：

「老弟，今夕何夕，想不到咱們老兄弟還有見面的一天。」

鼎立表伯坐在椅上，上身卻傾俯到桌面上，他的項子伸得長長的，搖著他那一頭亂蔴似的白髮，嘆息道：

「是啊，表哥，眞是『此身雖在堪驚』哪！」

我們三個人都酌了一口茅台，濃烈的酒像火一般滾落到腸胃裡去。大伯用手抓起一隻滷鴨掌啃嚼起來，他執著那隻鴨掌，指點了我與鼎立表伯一下。

「你從紐約去上海，他從上海又要去紐約——這個世界眞是顚來倒去吓。」

「我是作夢也想不到還會到美國來。」鼎立表伯欷歔道。

「我們一直以爲你早就不在人世了。」大伯舀了一調羹茄汁蝦仁到鼎立表伯的盤子裡，「這麼多年也不知道你的下落。前年你表嫂過世，你哥哥鼎豐從紐約來看我，我們兩人還感嘆了一番：當初大陸撤退，我們最大的錯誤，就是讓你和任平留在上海，怎麼樣也應該逼著你們兩人一起離開的。」

「那時我哪裡肯走？」鼎立表伯苦笑道，「上海解放，我還率領『民盟』代表團去歡迎陳毅呢。」

「早知如此，那次我把你抓起來，就不放你出去了——乾脆把你押到台灣去！」大伯呷了一口酒，咂咂嘴轉向我道，「你們鼎立表伯，當年是有名得很的『民主鬥士』呢！一天到晚在大公報上發表反政府的言論，又帶領學生鬧學潮，搞什麼『和平運動』，我去同濟大學把他們一百多個師生統統抓了起來！」

大伯說著呵呵地笑了起來，他的淚腺失去了控制，眼淚盈盈溢出，他忙用袖角把淚水拭掉。

「你那時罵我罵得好凶啊！」大伯指著鼎立表伯搖頭道，「『劊子手！』『走狗爪牙』！」

「嘿——」鼎立表伯直搖手，尷尬地笑著，他的眉頭卻仍舊糾在一處，一臉憂色。

我舉起酒杯，敬鼎立表伯。

「表伯，我覺得你們『民盟』很了不起呢，」我說道，「當時壓力那麼大，你們一點也不退縮。」

我告訴他，我做學生時，在哥大東方圖書館看到不少早年「中國民主同盟」的資料，尤其是民國二十五年他們「救國會」請願抗日，「七君子」章乃器、王造時等人給逮捕下監的事跡，我最感興趣。鼎立表伯默默地聽著，他的身子俯得低低的，背上馱著一座小山一般，他吸了一口酒，長長地噓了一口氣。

「『民盟』後來很慘，」鼎立表伯戚然道，「我們徹底地失敗了，一九五七年反右，『章羅反黨聯盟』的案子，把我們都捲了進去，全部打成了右派。『救國會七君子』沒有一個有好下場——王造時、章乃器給鬥得欲生不得、欲死不能，連梁漱老還挨毛澤東罵得臭死，我們一個個也就噤若寒蟬了——」

鼎立表伯有點哽咽住了，大伯舉起酒壺勸慰道：

「來、來、來，老弟，『一壺濁酒喜相逢』，你能出來還見得著我這個老表哥，已經很不錯啦。」

大伯殷勤勸酒，兩個老人的眼睛都喝得冒了紅。兩杯茅台下肚，我也感到全身的血液在開始燃燒了。

「莫怪我來說你們，」大伯把那盤燒鴨挪到鼎立表伯跟前讓他過酒，「當年大陸失敗，你們這批『民主人士』，也要負一部分責任哩！你們在報上天天攻擊政府，青年學生聽你們的話，也都作起亂來。」

「表哥，你當時親眼見到的，」鼎立表伯極力分辯道，「勝利以後，那些接收大員到了上海南京，表現得實在太壞！什麼『五子登科』、『有條有理』，上海南京的人都說他們是『劫收』，一點也不冤枉——民心就是那樣去的，我們那時還能保持緘默麼？」

大伯靜靜地聽著，沒有出聲，他又用袖角拭了一拭淌到面頰上的眼淚。沉默了半晌，他突然舉起靠在桌邊的那根拐杖，指向客廳牆壁上那張大照片叫道：

「都是蕭先生走得太早，走得不得其時！」大伯的聲音變得激昂起來，「要不然，上海南京不會出現那種局面。蕭先生飛機出事，還是我去把他的遺體迎回南京的呢。有些人表面悲哀，我知道他們心中暗喜，蕭先生不在了，沒有人敢管他們，他們就可以胡作非為了。我有一個部下，在上海法租界弄到一棟漢奸的房子，要來送給我邀功。我臭罵了他一頓：『國家就是這樣給你們毀掉的，還敢來賄賂我？』我看見那批人那樣亂搞，實在痛心！」

大伯說著用拐杖在地板上重重地敲了兩下，敲得地板咚咚響。

「我跑到紫金山蕭先生的靈前，放聲痛哭，我哭給他聽：『蕭先生、蕭先生，我們千辛萬苦贏來的勝利，都讓那批不肖之徒給葬送了啊！』」

大伯那張圓厚的闊臉，兩腮抽搐起來，酒意上來了，一張臉轉成赤黑，額上沁著汗光，旋即，他冷笑了兩聲，說道：

「我不肯跟他們同流合污，他們當然要排擠我嘍。算我的舊帳，說我關在『七十六號』的時候，有通敵之嫌。我羅任重捫心自問，我一輩子沒出賣過一個同志。只有一次，受刑實在吃不住了，招供了一些情報。事後我也向蕭先生自首過，蕭先生諒解我，還頒給我『忠勇』勳章呢！那些沒坐過老虎凳的人，哪裡懂得受刑的滋味！」

「表哥，你抗日有功，我們都知道的。」鼎立表伯安撫大伯道。

大伯舉起他那隻青瓷酒杯，把杯裡半杯茅台，一口喝光了。

「大伯，你要添碗飯麼？」我伸手想去拿大伯面前的空飯碗，大伯並不理睬，卻突然想起了什麼似地，問我道：

「你爹爹的追悼會，幾時舉行啊？」

「我到上海，第二天就舉行。他們準備替爹爹平反，恢復他的名譽呢。」

「人都死了，還平反什麼？」大伯提高了聲音。

「不是這麼說，」鼎立表伯插嘴道，「任平平反了，齊生的哥哥日子就好過得多。我的案子要不是今年年初得到平反，鼎豐申請我來美國，他們肯定不會放人。」

「我死了我就不要平反！」大伯悻悻然說道，「老實說，除了蕭先生，也沒有人有資格替我平反。齊生，你去替你爹爹開追悼會，回來也好替你大伯料理後事了。」

「大伯，你老人家要活到一百歲呢。」我趕忙笑著說道。

「你這是在咒我麼？」大伯豎起兩道花白的關刀眉，「你堂哥怕老婆，是個沒出息的人，我不指望他。大伯一直把你當做自己兒子看待，大伯並不想多拖累你，只交代你一件事：大伯死了，你一把火燒成灰，統統撒到海裡去，任他飄到大陸也好，飄到台灣也好，——千萬莫把我葬在美國！」

大伯轉向鼎立表伯道：

「美國這個地方，病不得，死也死不起！一塊豆腐乾大的墓地就要兩三千美金，莫說我沒錢買不起，買得起我也不要去跟那些洋鬼子去擠去！」

大伯說著嘿嘿地笑了起來，他拍了拍他那粗壯的腰，說道：

「這些年我常鬧腰子痛，痛得厲害。醫生掃描檢查出來裡面生瘤，很可能還是惡性的呢。」

「醫生說可不可以開刀呢？大伯。」我急切問道。

「我這把年紀還開什麼刀？」大伯揮了一下手，「近來我常常感到心神不寧——我曉得，我的大限也不會遠了。」

我仔細端詳了大伯一下，發覺伯媽過世後，這兩年來，大伯果然又衰老了不少。他的臉上不是肥胖，竟是浮腫，兩塊眼袋子轉烏了，上面沁出點點的青斑，淚水溢出來，眼袋上都是濕濕的。

「鼎立，」大伯淚眼汪汪地注視著鼎立表伯，聲音低啞地說道，「你罵我是『劊子手』，你沒錯，你表哥這一生確實殺了不少人。從前我奉了蕭先生的命令去殺人，並沒有覺得什麼不對，爲了國家嘛。可是現在想想，雖然殺的都是漢奸、共產黨，可是到底都是中國人哪，而且還有不少青年男女呢。殺了那麼些人，唉——我看也是白殺了。」

「表哥——」鼎立表伯叫了一聲，他的嘴皮顫動了兩下，好像要說什麼似的。

「鼎立——」大伯沉痛地喚道，他伸出手去，拍了一下鼎立表伯高聳的肩胛，「我們大家辛苦了一場，都白費了——」

兩個老人，對坐著，欷歔了一番，沉默起來。我感到空氣好像突然凝固，呼吸都有點困難了似的。雖然酒精在我身體裡滾燙地流動著，我卻感到一陣颼颼的寒意，汗毛都豎了起來。我記起去年李永新到紐約來看我，我與永新有八年未曾見面。從前我們在哥大都是「保釣」的志友，我抽身得早，總算把博士念完，在福斯特惠勒找到一份高薪的工作，而永新卻全身投入，連學位也犧牲掉，後來一直事業坎坷。那天我們兩人在一起，談著談著，突然也這樣沉默起來，久久無言以對。雖然我和永新一直避免再提起「保釣」運動，可是我們知道彼此心中都在想著這件事，而且我們都在悼念「一．二九」華盛頓大遊行那一天，在雪地裡，我和永新肩靠肩，隨著千千百百個中國青年，大家萬眾一心地喊道：釣魚台，中國地！釣魚台，我們的！我們的呼喊，像潮水般向著日本大使館洶洶湧去。

吃完飯，大伯要我們提早就寢，我須早起，趕八點鐘的飛機，而鼎立表伯也有點不勝酒力了。我去浴室漱洗完畢，回到客房，鼎立表伯已經卸去了外衣，他裡面穿了一套發了黃的緊身棉毛衫褲，更顯得瘦骨嶙峋，他削瘦的背脊高高隆起，背上好像揷著一柄刀似的。他蹲在地上，打開了一隻黑漆皮的舊箱子，從裡面掏出了一件草綠的毛線背心來，他把箱子蓋好，推回到床底下去。我等鼎立表伯穿上背心，顫巍巍地爬上了床，才把燈熄掉。客房裡沒有暖氣，我躺在沙發上，裹著一條薄毯子，愈睡愈涼。黑暗中，我可以聽得到對面床上老人時緩時急的呼吸聲，我的思緒開始起伏不平起來，想到兩天後，在上海父親的追悼會，我不禁惶惶然。一陣酒意湧了上來，我感到有點反胃。

「你睡不著麼，齊生？」

黑暗中，鼎立表伯細顫的聲音傳了過來，大概老人聽到我在沙發上一直輾轉反側。

「我想到明天去上海，心裡有點緊張。」我答道。

「哦，我也是，這次要來美國，幾夜都睡不好。」

我摸索著找到撂在沙發托手上的外套，把衣袋裡的香菸和打火機掏了出來，點上一支菸深深地吸了一口。

「龍華離上海遠不遠，表伯？」我問道。

「半個多鐘頭的汽車，不算很遠。」

「哥哥說，追悼會開完，爹爹的骨灰當天就下葬，葬在『龍華公墓』。」

「『龍華公墓』？」老人疑惑道，「恐怕是『龍華烈士公墓』吧？那倒是個新的公墓，聽說很講究，普通人還進不去呢。」

「我搞不太清楚，反正葬在龍華就是了。」

「『龍華公墓』早就沒有嘍——」

老人翻了一下身，黑暗中，他那顫抖的聲音忽近忽遠地飄浮著。

「文革時候，我們的『五七幹校』就在龍華，『龍華公墓』那裡，我們把那些墳都鏟平了，變成了農場。那是個老公墓，有的人家，祖宗三代都葬在那裡，也統統給我們挖了出來，天天挖出幾卡車的死人骨頭——我的背，就是那時挖墳挖傷的——」

我猛吸了一口菸，將香菸按熄掉。我感到我的胃翻得更加厲害，一陣陣酸味冒上來，有點想作嘔了。

「美國的公墓怎麼樣，齊生？」隔了半晌，老人試探著問道，「眞是像你大伯講的那麼貴麼？一塊地要兩三千美金哪？」

「這要看地方，表伯，貴的、便宜的都有。」

「紐約呢？紐約有便宜的墓地麼？」

「有是有，在黑人區，不過有點像亂葬崗。」

老人朝著我這邊，挪了一下身子，悄悄地喚我道：

「齊生，你可不可以幫我一個忙？」

老人的語氣，充滿了乞求。

「好的，表伯。」我應道。

「你從中國回來，可不可以帶我到處去看看。我想在紐約好好找一塊地，也不必太講究，普通一點的也行，只要乾淨就好——」

我靜靜地聽著，老人的聲調變得酸楚起來。

「我和你表伯媽，兩人在一起，也有四十五年了，從來也沒有分開過。她爲了我的政治問題，很吃了一些苦頭，我們兩人——也可以算是患難夫妻了。這次到美國，本來她也申請了的，上面公文旅行，半年才批准，她等不及，前兩個月，病故了——這次我出來，把她一個人留在那裡頭，我實在放不下心——我把她的骨灰放在箱子裡，也一起帶了出來——日後在這裡，再慢慢替她找個安息的地方吧——」

老人細顫、飄忽的聲音戛然而止。黑暗中，一切沉靜下來，我仰臥在沙發上，房中的寒意凜凜地侵了過來，我把毯子拉起，將頭也蒙上。漸漸的酒意上了頭，我感到愈來愈昏沉，朦朧中，我彷彿來到了一片灰暗的荒野裡，野地上有許多人在挖掘地坑，人影幢幢，一齊在揮動著圓鍬、十字鎬。我走近一個大坑，看見一個身材高大的老人站在坑中，地坑已經深到了他的胸口。他掄著柄圓鍬，在奮力地挖掘。偌大的坑中，橫著、豎著竟臥滿了纍纍的死人骨頭，一根根枯白的。老人舉起圓鍬將那些枯骨鏟起便往坑外一扔，他那柄圓鍬上下飛舞著；一根根人骨紛紛墜落地上，愈堆愈高，不一會兒便在坑邊堆成了一座白森森的小山。我定神一看，赫然發覺那個高大的老人，竟是大伯，他憤怒地舞動著手裡的圓鍬，發狂似地在挖掘死人骨頭。倏地，那座白森森的小山嘩啦啦傾瀉了，根根人骨滾落坑中，將大伯埋陷在裡頭，大伯雙手亂招，狂喊道：

「齊生——」

我猛然驚醒，心中突突亂跳，額上冒出一陣冷汗來。原來大伯已經站在沙發跟前，他來叫醒我，去趕飛機了。房中光線仍舊昏暗，幽暗中，大伯龐大的身軀，矗立在我頭邊，像一座鐵塔似的。

原載《聯合文學》第二六期　一九八六年十二月

Danny Boy

韶華：

我必須趁著我的視線還沒有完全模糊以前，將這封信趕完。我的時間十分緊迫，不知道是否還來得及將我一生最後這段故事原原本本講給你聽。在我離開以前，我要讓你了解我此刻的心境。我知道，這些年，你一直在為我擔心，我不能這樣走了，還讓你白白牽掛。醫生說：病毒已經侵入我的眼球，隨時隨地，眼前一黑，這個世界便會離我而去。我得趕快，趕快將一些話記下來，告訴你。

一切都得從去年秋天講起，那是個深秋的十一月，天氣早已轉寒，走在曼哈頓的街上，冷風陣陣迎面劈來。那天我從聖汶生 St. Vincent 醫院出來，乘上地鐵回家，在五十七街下車，拐了一個彎，不由自主的又轉進中央公園去了。公園裡一切照常，有人穿了運動衣在跑步，有人溜狗，還有一群拉丁裔的青少年在草地上練習棒球，他們西班牙語的呼喊聲此起彼落呼應著。傍晚五、六點鐘，夕陽依舊從樹枝的間隙斜照下來，斑斑點點灑在滿地焦枯的落葉上——這些都應該是極眼熟的景象，可是我卻感到好像驀然闖進了一片陌生地帶，週遭一切都變得不太真實起來，就連公園對面第五大道上那些巍峨大廈，在淡薄的餘暉中，竟如海市蜃樓，看起來，好似一排恍惚的幻影。我感覺得到，我那個熟悉的世界正在急速的分崩離析中。

我在公園鳥巢池塘邊的一張靠椅上坐了下來，腦袋裡一片空白，神經完全麻痺，暫時間，驚慌、恐懼通通凍結。那一刻，我反而感到一種定案後的鬆弛，該來的終於來了。在醫院裡，那位猶太老醫生把驗血報告擱在我面前，鄭重的告訴我說：結果是陽性反應，我染上了ＨＩＶ，然後開始絮絮的解釋病情，給我開了一大堆藥物，臨別時加了幾句安慰鼓勵的話。檢驗結果，其實早該料到。這兩個月來，每天的低溫熱度，止不住的咳嗽，還有常常夜裡的盜汗，我心裡已經明白：大限將到。下意識裡，可能我還期望著這一天的匆匆來臨，提早結束我這荒蕪而又顛倒的一生。

三年前我不辭而別遽然離開台北，我想你應該早已釋懷。我一直有一個假設，我所有的荒謬你終能諒解。我是在倉皇中逃離那個城市的，我們校長網開一面，他要我自動辭職，悄悄離去。大概他並不願事情傳開，影響校譽吧。恐怕他也難以面對學生，向他們解釋，一向被他經常稱讚的模範老師，竟會觸犯學校第一禁條，做出如此悖德的醜行來。

這幾年，我在紐約一直埋名隱姓，沒有跟任何舊人有過聯繫。連你，韶華，我竟也沒有寄過片言隻字。我必須斬斷過去，在泯滅掉記憶的真空中，才能苟活下去。幸虧紐約是如此龐大而又冷漠無情，藏身在曼哈頓洶湧的人潮中，銷聲匿跡並不是一件困難的事。在這裡，我浮沉在一個分裂的世界中。白天，我在一家大學的圖書館裡工作，在地下室的書庫中，終日跟那些散發著霉氣的舊書籍為伍。可是到了晚間，回到六十九街的公寓閣樓裡，我便急不待等的穿上夜行衣，投身到曼哈頓那些棋盤似的大街小巷，跟隨著那些三五成群的夜獵者，一條街、一條街追逐下去，我們在格林威治村捉迷藏似的追來追去，追到深夜，追到凌晨——

直到天亮前後，我們拖著疲憊的身子，終於邁向我們的最後歸宿中央公園裡去。於是我們一個個像夜貓一般，躡手躡足，就沿著這鳥巢池塘邊這條小徑，越過兩座山坡，潛入公園中央那一頃又深又黑的原始森林中，在根根巨木的縫隙間，早已掩藏著一具具人體，都在靜靜的伺候著。在黑暗中，那些夜行人的眼睛，像野獸的瞳孔，在炯炯的閃爍著充滿了慾念的熒光。是煎熬難耐的肉體飢餓以及那漫漫長夜裡炙得人發疼發狂的寂寞，將我們從各處驅趕到這個文明大都會中心這片數百英畝廣漠的蠻荒地帶，在暗夜保護下的叢林中，大家偎傍在一起，互相取暖，趁著曙光未明，完成我們集體噬人的儀式。

韶華，在紐約，我在往下直線墜落，就如同捲進了大海的漩渦，身不由己的淹沒下去。八五年我來到這個大城，那場可怖的瘟疫已經在我們圈子裡像縷縷黑煙般四處蔓延散開，就如同科幻電影裡來去無蹤的龐然怪物，無論在黑夜裡的街上，在人擠人的酒吧裡，在肉身碰撞的土耳浴室中，還是在公園叢林的幽深處，我都可以敏銳的感覺到牠那吼吼的存在。我們大家驚惶的擠成一團，幾乎宿命式的在等著牠撲過來將我們一一吞沒。那場瘟疫把紐約變成了死亡之都，而我們卻像中了蠱的群族，在集體參與這場死亡的遊戲。

那天離開公園，我沒有立刻回家，我轉到七十二街上的 Mcgee's 去買醉，那是我常去的一家愛爾蘭酒吧，裡面的裝飾，有著愛爾蘭的古風，桌面椅墊都鋪著厚厚的綠絨。從前Mcgee's是中城最負盛名的gay bar，每晚十點鐘後都擠滿了人，可是後來人愈來愈稀少，老闆法蘭克說，那些常客有一半都被這場瘟疫捲走了，法蘭克自己的年輕愛人Mcgee's的酒保保羅上個星期才輾轉病死。那是個星期五的晚上，可是酒吧裡疏疏落落只坐滿一半，低低的人語，好像整間酒吧也被一種無形的恐懼鎮壓住了似的。那晚在Mcgee's駐唱的歌手美麗安倚在鋼琴邊演唱著一些老流行歌曲。據說美麗安年輕時曾經有過一番事業，後來淪落到一些小酒吧走唱獻藝。她有副沙啞低沉的嗓子，很隨意的便吟唱出一些人世的滄桑。那晚她穿了一襲緊身的黑緞子長裙，襟上別了一枚紀念AIDS的紅絲帶，一頭淡淡的金髮挽了一個鬆攏的髮髻，她臉上細緻的皺紋透著蕭颯的遲暮。唱到半夜，美麗安宣布，她要唱一首〈Danny Boy〉收場，她說這首愛爾蘭的古老民謠是一位父親為他早喪的愛子所寫的一闋輓歌，她要把這首歌獻給保羅，以及許多那些再也不能來聽她唱歌的人兒們。那晚美麗安唱得特別動情：

But when ye come and all the flow'rs are dying,
If I am dead, as dead I well may be,
You'll come and find the place where I am lying,
And kneel and say an "Ave" there for me.

韶華，那首古老的愛爾蘭民謠我曾聽過多次，但那晚美麗安那微帶顫抖的淒惋歌聲，卻深深觸動了我自己的哀思，我哀輓我心中那些一去不返的孩子，他們帶走了我的青春、我的生命。

韶華，你曾極力稱讚我每年當選為「模範教師」，並且引以為傲。的確，我在C中那十幾年，我把全部的心血都獻給了那間馳名全國的高中。在校長、同事的眼裡，我是一個無懈可擊的好老師。我把所有時間和精力都投注在學生身上，教導他們，照顧他們。在那些十七、八歲大孩子的心目中，我是他們最受敬愛的「吳老師」。可是韶華，連你在內，都被我隱瞞過去了，我如此孜孜不倦努力為人師表，事實上是在極力掩蓋我多年來內心一項最隱秘的痼疾：我對那些大孩子的迷戀。那是一種把人煎熬得骨枯髓盡的執迷，那種只能緊緊按捺在心底的隱情一天天在腐蝕著我的心臟。

我教了十二年的高三英文，每年在班上我總會尋找得到一雙悒鬱的眼睛、一綹斜覆在額上的豐軟黑髮、一片落寞孤單的側影——總有那樣一個落單孩子，揹著書包，踏著自己的影子踽踽行過，於是那個孤獨寂寞、敏感內向的少年就成為了我整年痛楚的根源。那又是一種多麼可怕的執迷啊！每天我都在等待那個時辰，有時是上午十點到十一點，有時是下午三點到四點，那是我教授高三英文的時節。就在那短短的五十分鐘內，我始得與我心中的孩子共處一室，渡過剎那即逝的一段光陰。然而那又是多麼重要的五十分鐘！因為我的心上人就在眼前，有時窗外的陽光落罩在他的身上，我看得到的只是一團淡金光暈中一個青春的剪影，那卻是一個咫尺天涯遙不可及的幻象。有時我領著全班朗讀課文，眾聲中我只聽得到他一個人年輕的聲音對我的迴應，那就是我跟他最親近的接觸，也就是我唯一獲得的片刻慰藉，直到下課鈴響，把我從暫短的沉溺中驚醒。於是日復一日，這種錐心刺骨的渴望與絕望互相輪迴下去。直到學期末了，驪歌奏起，在我心中生根已久了的那個少年影像，驟然拔除，那一陣劇痛就好像胸口上的一塊皮肉被利器猛地揭起，而我心中那個孩子，從此便從我生命中消逝無蹤。他永遠不會知道，有一個人的心曾經為他滴血。當然，這個隱秘我全力掩護，絕對不會讓任何人察覺半點我內心的翻攪掀騰。一年又一年過去，我也漸漸逼近四十的中年，然而肉身的衰頹並未能熄止我心中那股熊熊的火焰。每天我還得經歷煉獄中邪火的焚燒，只有那五十分鐘內，我才獲得暫時的消歇。那五十分鐘跟我心上孩子的共處，就是我一天生存的意義。

我在C中最後的崩潰是這樣的。K是我在C中最後一年高三三班的學生，他是個異常特殊的孩子，在班上一向獨來獨往，從來沒見過他跟任何人打過招呼，他的孤獨是絕對的。我看著這個憂鬱弱質的少年他清瘦的背影在迴廊上彳亍而逝，就有一種莫名的悵惘。學期即將結束，這個在我心中佔據了整整一年的孩子，又將從此消逝。學期最後的一個星期，K突然缺課，一連幾天沒去上學。有一晚，大雨滂沱，K一身水淋淋的兀自出現在我的學校宿舍房門口，他來補交英文作文。我在班上有嚴格規定，作業逾期，一律以零分計算。K夾著英文作文薄，進到我的宿舍房間。在燈光下，我發覺K一臉蒼白，他說話的聲音都在顫抖，這個一向沉默寡言的少年，斷斷續續的告訴我這幾天他缺課的原因。K的父親是區公所裡的一個基層公務員，上星期突然中風逝世。K是獨子，須得在家幫助母親料理喪事。K知道他的英文成績平平，如果作文零分，英文一定不及格，會影響到他畢業。「吳老師——」他雙手捧起作文簿遞給我，眼睛望著我，囁嚅的向我求情。他濕透了的頭髮上雨水一條條流到他的面頰。就在那一刻，我將K一把擁入懷裡，緊緊的摟住他那瘦弱的身子，我的臉抵住他濡濕的頭髮，開始熱切的對他傾訴我對他的愛憐、疼惜，一整年來對他的渴念、嚮往，不只是一整年，我是在訴說我積壓了十幾年來絕望的執迷，我懷中摟住的不是K，是那一個個從我心中拔除得無影無蹤的孩子們。我愈摟愈緊，似乎害怕我懷抱中的這個孤獨孩子也從此消失。K開始驚惶失措，繼而恐懼起來，他拚命想掙脫我的摟抱，手肘用力撞擊我的肋骨，一陣劇痛，我鬆了手，K在大雨中逃離宿舍。他去告了校長，他說「吳老師精神錯亂了。」K沒有說錯，韶華，那一刻，我想我真的瘋掉了。

那晚我在 Mcgee's 一直坐到凌晨四點，酒吧打烊。回到六十九街的公寓閣樓裡，我把醫生開給我一個月的安眠藥全部吞服下去。那晚我喝了七、八杯不摻水的威士忌，但頭腦卻清醒得可怕，醫生告訴我，我免疫系統的T細胞已經降到兩百以下，隨時有發病的可能。我的樓下住過一個保險推銷員，小夥子常常穿了運動短褲到中央公園去練跑步，練得一身肌肉。去年他突然發病，全身長滿了紫黑色卡波西氏毒瘤，我在過道上遇見他，遠遠的便聞到一陣腐肉的惡臭。他在公寓房間裡病死三天，才被發現。我們圈子裡一直盛傳著各種有關這場瘟疫的恐怖故事，據說有人消磨到最後想拔掉氧氣管已沒有抬手的力氣。我不能等到那一天，一個人躺在閣樓裡的床上慢慢腐爛，我無法忍受那樣孤獨的凌遲死刑。我對我那空虛的一生並無所戀，理應提早結束。

可是我仰藥自殺並沒有成功，給房東送進了醫院。然而我怎麼也沒有料到，當我的生命已經走到盡頭，只剩下短短一程時，在絕望的深淵中，竟遇見了我曾渴盼一生、我的Danny Boy。

在聖汶生醫院裡，「香提之家」（Shanti House）的義工修女護士玫瑰瑪麗對我說：「你現在不能走，還有人需要你的照顧。」她的話直像一道聖諭，令我不得不聽從。出院後修女玫瑰瑪麗把我帶進了「香提之家」，接受兩星期的訓練開始參加義工。不知為甚麼，韶華，我看到修女玫瑰瑪麗穿上白衣天使的制服時，我就想到你，雖然她的身子要比你大上一倍，可是她照顧病人時，一雙溫柔的眼睛透出來的那種不忍的神情，你也有。我記得那次到醫院去探望你，你正在全神貫注替一位垂死的癌症病人按摩她的腹部，替她減輕疼痛。我看見你的眼睛裡噙著閃閃的淚光。

「香提之家」是一個AIDS病患的互助組織，宗旨是由病情輕者看護病情重者，輪到自己病重時，好有人照顧。除了專業的醫護人員以外，經常到「香提之家」來上班的義工有三十多人，各行各業都有，廚子、理髮師、教授，有位還俗的聖公會神父，他自己也是帶原者，他常常替彌留的病人唸經。還有幾個亞裔義工，一位菲律賓人，他本來就是男護士，另外一位香港人是服裝設計師，大家每天到格林威治村邊緣的「香提之家」報到後，便各自到醫院或是病人家裡去服務。「香提之家」本身還有一家收容所，專門收容一些無家可歸的末期病人，這所病患的中途之家就在東邊第六街上。

第一個分派給我照料的病人便是丹尼，Danny O'Donnell，一個十八歲的少年。他進出聖汶生已有好幾次，最後一次是因為急性肺炎，醫生說他大概只有幾個星期的存活期，所以轉進了「香提之家」的收容所。先前看護他的義工自己病倒了，住進醫院，臨時由我接手。

我再也不會忘記，韶華，那是去年十二月的頭一天，一個陰寒冰冷的下午，天上雲層密佈，紐約第一場大雪即將來臨。我按著地址摸索到東邊第六街，那是個古舊僻靜的地段，街頭有座小小的「憂愁聖母」天主堂，對街卻是一所猶太教堂。收容所在街尾，是一幢三層樓公寓式的老房子，外面磚牆長滿了綠茸茸的爬牆虎，把門窗都遮掩住，看起來有點隱蔽。收容所裡三層樓一共有十五個安寧病房，只有兩個男護士在忙進忙出。其中一個黑人護士看見我來報到鬆了一口氣，說道：「感謝上帝，你終於來了，我們根本沒空去照顧樓上的丹尼。」他說收容所裡早上才死掉兩個病人，他們一直在忙著張羅善後。黑黝黝的一幢樓裡，每層樓我都隱隱聽得到從那些半掩半開的房間裡，傳出來病痛的呻吟。樓裡的暖氣溫度調得太高，空氣十分悶濁。

丹尼的房間在三樓，面向街道，他一個人躺在靠窗的一張床上，他看見我走進去微笑道：「我以為你今天不會來了，吳先生。」他的聲音非常微弱，大概等我等得有點不安起來。丹尼看起來比他實際年齡還要幼稚，他的頭髮剃短了，病得一臉青白，蜷縮在被單下面，像個病童。「我要喝水，」丹尼吃力的說道。我去盛了一杯自來水，將他從床上扶起，他接過杯子，咕嘟咕嘟把一杯水一口氣喝盡，大概他躺在床上已經乾渴了許久。「丹尼，你需要洗個澡，」我對他說。「我像隻臭鼬，是嗎？吳先生，」丹尼不好意思的笑了起來，他身上透著陣陣觸鼻的穢臭，白色睡袍上滲著黃一塊黑一塊的排泄物。我到浴室裡，把浴缸放上了熱水，然後過去把丹尼扶下床，我讓他將一隻手臂勾著我的脖子，兩人互相扶持著，踉踉蹌蹌，蹭入了浴室。我替他脫去髒睡袍，雙手托住他的腋下，幫助他慢慢滑進浴缸。丹尼全身瘦得只剩下皮包骨，兩脅上的肋骨根根突起，好像一層青白的皮肉鬆鬆的掛在一襲骨架上似的。他的背睡出了幾塊褥瘡，已有了裂口，我用海綿輕輕替他洗擦，他也痛得喔唷亂叫，好像一隻受了傷的嗚咽小犬。折騰了半天，我才替丹尼將身體洗乾淨，兩人扶持著，又踉蹌走回房中。

受訓期間，修女玫瑰瑪麗教授我們如何替病人繫紮尿兜，她說末期病患大小便失禁都需要這個寶貝，她那一隻胖嘟嘟的手十分靈巧，兩下就把一隻尿兜綁紮得服服貼貼。我去向黑人護士要了一隻尿兜替丹尼繫上，他穿上白泡泡的尿兜仰臥在床上，一雙細長的腿子撐在外面，顯得有點滑稽而又無助，我禁不住笑道：「Danny Boy，你看起來像個大嬰兒。」丹尼看看自己，無奈的嘆了一口氣。他洗過澡後，青白的臉上，泛起了一絲血色，他那雙淡金色的眉毛下面，深深嵌著一雙綠玻璃似的眼睛，削挺的鼻子鼻尖翹翹的，嘴唇薄薄，病前那應該是一張稚氣未脫的清俊面龐，可是他的眼膛子卻病得烏黑，好像兩團瘀青，被甚麼重器撞傷了似的。丹尼的口腔長了鵝口瘡，只能喝流汁，我餵了他一罐有櫻桃味的營養液，最後替他重新接上靜脈注射的管子，他需要整夜打點滴注射抗生素，遏止肺炎復發。醫生說丹尼的T細胞只剩下十幾個，免疫能力已經十分脆弱。「你明天還會來吧，吳先生？」丹尼看我要離開，有點慌張起來。「我明天一早就來，」我說，我替他將被單拉好。

傍晚外面開始飄雪了，走到聖馬可廣場上，雪花迎面飛來，我一連打了幾個寒噤。每天到了這個時候，我的體溫便開始升高，我感到我的雙頰在灼灼發燒。可是韶華，我要告訴你，那一刻，我內心卻充滿了一種說不出的激動，那是我到紐約三年來，頭一次產生的心理感應。在紐約三年，我那顆心一直是枯死的，我患了嚴重的官能失調症，有時四肢突然如同受到急凍，麻木壞死，變得冷熱不分，手指被燙起泡竟也沒有感覺。可是那一刻，當我把丹尼從浴缸裡抱起來，扶著他那羸瘦的身子，一步一步，掙扎回轉房間時，我心裡突然湧起了一種奇異的感動，我感到我失去的那些孩子好像一下子又都回來了，回來而且得了絕症垂垂待斃，在等著我的慰撫和救援。我替丹尼接上點滴管子時，我看到他兩隻臂彎上由於靜脈注射過於密集，針孔扎得像蜂窩一般，烏青兩塊。望著床上那個一身千瘡百孔的孩子，我的痛惜之情竟不能自已。那晚獨行在聖馬可廣場的風雪中，我感到我那早已燒成灰燼的殘餘生命，竟又開始閃閃冒出火苗來。

我一共只照顧了丹尼兩個星期，一直到十二月十四日他逝去的那晚。那些天我簡直奮不顧身，到了狂熱的地步。那是我一生最緊張最勞累的日子，可是也是我一生中最充實的十四天。

丹尼夜間盜汗，第二天早上，我去看他，他整個身子水汪汪的躺在浸得濕透濕透的床單上，他的睡袍緊貼在身上，已經冰涼。當天晚上我便決定搬進「香提之家」的收容所去，可以二十四小時看護他。收容所的男護士非常歡迎我住進去，他們可以有一個全天候的幫手，那個黑人護士給了我一條毛毯，他說我可以睡在地毯上。韶華，我真正嘗到做特別護士的滋味了。我記得你曾告訴我，你第一次當特別護士，一個星期下來便瘦掉了兩公斤。每天晚上我起身兩三次，替丹尼換衣服、擦乾身子，他到了夜裡全身便不停的冒虛汗，我在床單上鋪了一條厚厚的大毛巾，臥在上面可以吸汗，這樣，丹尼可以安穩睡去片刻。我躺在丹尼床邊的地毯上，守著他，直到天明。有時半夜醒來，看見丹尼靜靜的躺著，我禁不住會爬起來，彎身去聽聽他的呼吸，我一直有一種恐懼，在我睡夢中，那個孩子的呼吸突然停止。我明知那個脆弱的生命像風裡殘燭，隨時可能熄滅，然而我卻珍惜我與我的Danny Boy共處的每一時刻。

在我悉心調理下，丹尼的病情穩定了幾天，人也沒有那樣虛弱。有一天，他的精神比較好，我替他換上乾淨睡袍，扶他起床坐到靠窗的沙發靠椅上，然後用一條毛毯把他團團裹起來。紐約的風雪停了，窗外陽光耀眼的燦爛，街上那些大樹的枝椏上都結了一層冰，一排排冰柱下垂著。丹尼大概很久沒有注意外面了，看到窗外樹上的冰柱給太陽照得閃閃發光，顯得很興奮的樣子。「吳先生，」他對我說道，「聖誕節快到了吧？」「還有十七天，」我算了一下。「兩個星期前我打電話給我父母，我說我想回家過聖誕，他們嚇壞了，馬上寄了兩百塊錢來，」丹尼笑道，「他們堅決不讓我回家，怕我把ＡＩＤＳ傳染給我弟弟妹妹。」

丹尼的家在紐澤西的紐沃城，他父親是一個搬運工人，祖上是從愛爾蘭來的，一家虔信天主教，丹尼在家中是老大，下面有五個弟弟妹妹，家裡很窮，父親又嚴厲，母親常年臥病，他十六歲便逃到曼哈頓來自己討生活了。他說他甚麼零工都打過，在「小義大利」城送了很久的披薩餅。去年醫生診斷他得了AIDS的時候，他打電話給他母親，他母親在電話裡哭了起來，叫他趕快到教堂去祈禱，向上帝懺悔。丹尼說他不是一個很好的天主教徒，到了紐約來，一次教堂也沒有上過，不過他說等他身體好一些，他會到路口那家「憂愁聖母」天主堂去望彌撒。「我希望上帝會原諒我，」丹尼很認真的說道。「我幹過很多蠢事，」他搖著頭有點自責。他剛到紐約來不久便坐進了監牢，他替一個毒販子運送兩包海洛因，當場被警察逮住。在牢裡他被強姦輪暴，「一次有五、六人，」他說，「白人、黑人、拉丁族都有，還有一個印地安人呢！」丹尼向我做了一個鬼臉，醫生判斷可能他在監牢裡已經染上了病。沉默片刻，丹尼平靜的說道：「醫生說我活不長了，不曉得還過不過得了這個聖誕。」我捧了一杯牛奶去餵他，「聖誕節我去買『蛋酒』回來，我們一起喝，」我說。

第十天早上，丹尼突然叫頭痛，痛得雙手抱住腦袋滿床滾。修女玫瑰瑪麗曾經告誡過我們，病人到了最後階段，病毒可能侵入腦神經細胞，會產生劇烈疼痛。我趕緊去把黑人護士叫來，替丹尼注射了大量的嗎啡麻醉劑，不一會兒他的神志卻開始渾淆不清了，有時候他瞪著一隻空洞失神的眼睛望著我，好像完全不認識似的，有時他卻像小兒一般嚶嚶的抽泣，我坐在他身邊，輕輕拍著他的背，一直到他昏睡過去。到了最後兩天，丹尼完全昏迷不醒，雖然他戴上了氧氣罩，呼吸還是十分困難，呼吸一下，整個胸部奮而挺起，然後才吃力的吐出一口氣來，雙手卻不停的亂抓。到了十四號那天晚上，丹尼的氣息愈來愈微弱，有兩次他好像已完全停止呼吸，可是隔一陣，又開始急喘起來，喉嚨裡不停的發著嗬嗬的聲音，好像最後一口氣，一直斷不了，掙扎得萬分辛苦。我在他的床沿坐了下來，將他輕輕扶起，讓他的身子倚靠在我的懷裡，然後才替他將氧氣罩慢慢卸下。丹尼一下子便平靜下來，頭垂下，枕在我的胸上，身子漸漸轉涼。我的 Danny Boy 終於在我懷裡，嚥下了他最後的一口氣。

韶華，窗外夕陽西下，已近黃昏，我的視線也漸漸黯淡起來。醫生說我的眼球網膜已開始有剝離的現象，隨時有失明的危險。上午我起身去上廁所，一下失去平衡，幸虧大偉在旁邊扶我一把，沒有摔跤。大偉是「香提之家」派來照顧我的義工，他是個六呎開外的德州大漢，剃了一個光頭，頭上紮著瑰印花紅布頭巾，右耳戴著一隻金耳環，像「金銀島」裡的海盜。但大偉卻有一顆細緻溫柔的心，是個一流看護。他在「香提之家」當了兩年義工，送走了九個病人，其中一個是他相伴多年的愛人。「別擔心，」那個德州大漢安慰我，「有我在這兒陪著你呢。」

韶華，我伴著丹尼一起經歷過死亡，我已不再懼畏，我不再怕它了。事實上我已準備妥當，等待它隨時來臨。丹尼病逝後不到一個月，我自己開始發病。雖然此刻我的肉身在受著各種苦刑，有時疼痛起來，冷汗涔涔，需要注射嗎啡止痛，但我並不感到慌亂，心靈上反而進入一片前所未有的安寧。在我生命最後的一刻，那曾經一輩子嚙噬著我緊緊不放的孤絕感，突然消逝。韶華，我不再感到寂寞，這就是我此刻的心境。記得我們年紀還很小的時候，我十二歲，你大概才八、九歲吧。有一天我帶你爬到我們新店後山那條溪邊去玩耍。那時剛下過暴雨，溪流湍急，我不小心腳下一滑，墜入溪中，讓急流沖走一二十丈才被一塊大山石擋住。我掙扎上岸，額頭撞傷了，血流滿面。你跑過來，看到我受傷的狼狽，你一臉惶恐，急得流淚。多少年後，你每次到學校來看我，在你溫煦的笑容後面，我總看到你從前那張幼稚臉上惶急的神情。我知道，你從小就一直暗暗替我擔心。你接到這封信時，可能我已離開人世，我要讓你知道，我走得無憾，你不必為我悲傷。你在醫院工作那麼久，生死大關，經歷已多，相信這次你必然也能坦然相對。你是有宗教信仰的，那麼就請你為我祈禱吧。

大偉進來了，他替我買了晚餐來，是街上廣東館子的餛飩麵，我就此擱筆了。

雲哥

一九八八年四月廿九日

雲哥六十九街這間公寓閣樓在五樓，東邊窗戶對街，我站在窗邊望下去，首先入眼的便是人行道上相對兩排梨樹樹頂上湧冒出來一大頃白茫茫的花海，那些密密匝匝的白花開得如此繁盛，一層疊著一層，風一吹，整片花海隨著波動起來，落花紛飛，好像漫天撒著白紙屑。我沒料到，曼哈頓的春天竟是如此騷動不安。三天前我從台北匆匆趕到紐約，雲哥已經走了。「香提之家」的義工大偉告訴我，他是死在自己的公寓裡的，這是他最後的願望。我趕來紐約，原本希望能夠看護雲哥最後一程。那也是我的一個心願，我考上護專的時候，就對雲哥講過：「你以後生病，我可以當你的護士了。」那次他滑落到溪水中被石頭撞傷的事情我記得很清楚。他蹲在地上滿臉血污的痛苦模樣，一直深深烙在我的心中，雲哥是個受過傷的人——那就是我對他無法磨滅的一個印象。

雲哥是大伯的遺腹子，大伯母生下雲哥後便改嫁到日本去了。雲哥過繼到我們家裡來，其實是件十分勉強的事。父親倒是個無所謂的人，他日夜忙著在貿易公司上班，根本顧不到家裡事。母親心胸狹窄，總把雲哥當做累贅，尤其是小弟福仔出世後，母親對雲哥防得更嚴了，年夜飯一隻鷄，兩隻鷄腿留給了小弟，我吃鷄胸，雲哥只好啃鷄頸子鷄腳。不過雲哥很識相，他謹守本分，退隱到家庭一角，默默埋首於他的學業，在學校裡，他一直是名列前茅的優秀生。中學時期，雲哥原本是個韶秀少年，性格溫柔，我跟他從小親近，母親偏心，我爲他不平，對他總有一份特別的袒護。那個時期，我大概算是他唯一的朋友，我看見他那落單的身影，飄來飄去，像片無處著落的孤雲，就不禁爲他心折。有時夏夜裡滿天星斗，我跟雲哥坐在新店溪的岸邊乘涼，我們談未來談理想，我說我要當護士，我看過南丁格爾傳，看護病痛，我覺得是一種崇高的職責，而且我喜歡護士頭上那頂漿得挺挺的白帽子，戴起護士帽很神氣。雲哥那時就立志要當中學老師了，他的耐性好，教我作業從不嫌煩，我知道他日後一定會成爲一個好老師。後來雲哥果然考上師範大學英文系，如願以償。

雲哥上了師大後，很少回家，跟我也疏遠了。而我自己當上白衣天使，戀愛結婚，日夜值班，過著幸福美滿又忙碌得分秒必爭的日子，也就把雲哥暫時忽略在一旁。等到我自己安定下來，重新開始去關心他，雲哥已在C中教書多年。有時我去他學校的單身宿舍找他，總發覺他房間牆上又多了一個鏡框，是教育部新頒發給他的優良教師獎狀，掛滿一排。下面一排是他跟學生們一起合照的畢業照，從民國六十年開始，一年復一年排下來，那些學生永遠那麼年輕，而雲哥卻已是漸近中年的資深教師了。三年前最後一次我去看雲哥，他請我到學校附近的小館去吃水餃，吃完天色尚早，我們漫步到植物園裡，在荷花池邊的靠椅上坐了片刻。那是個秋天的傍晚，荷花已經開過，只剩下荷葉一縷殘香。雲哥跟我談了一些教書的苦經：學生愈來愈不好教，不肯用功，外務太多，難管理。「老師不好當啊，」雲哥搖著頭苦笑了一下，便沉默下來。夕陽的晚照落在雲哥身上，我突然發覺他的髮鬢竟起了斑白，他不過四十，額上眼角都浮起了皺紋，臉上一抹早衰的憔悴，比他實際年齡要蒼老得多，而他眉宇間少年時就帶有的一股揮之不去的落寞似乎更加深沉了。我感覺得到雲哥的心事很重，他非常的不快樂。沒有多久，雲哥突然失踪，不告而別。

「香提之家」的義工大偉把雲哥這間公寓閣樓收拾得很整齊，一點也看不出大劫過後的凌亂。雲哥床上的被單墊褥都收走了，只剩下一架空床。房間浴室已經消過毒，有股強烈的消毒藥水氣，我將窗戶打開，讓外面的新鮮空氣吹進來，驅走一些藥味。在醫院裡，那些傳染病的隔離病房，病人一斷氣抬走，清潔人員馬上進去做清毒措施。前個月有一位ＡＩＤＳ病人死在我們醫院裡，那是我們醫院頭一宗病例，醫院如臨大敵，去病房消毒的清潔人員戴上面罩穿紮得如同太空人一般。大概消毒水用得特別多，一股嗆鼻的藥水氣久久不散，走近那間病房遠遠便可聞到。

雲哥實在高估我了，雖然我在醫院工作已有十年，經常出入生死場面，然而面臨生死大關，我始終未能眞正做到坦然以對。開始的時候，我曾在癌症病房服務過，目睹一些末期病人垂死掙扎的極端痛苦，不禁魂動神搖，回到家中，一顆顫慄的心久久未能安伏。常常晚上，我一個人悄悄走到巷口的華山堂去做晚禱，跪在教堂裡默默向上帝哭訴人間的悲慘，告解我內心的無助與徬徨。然而職業的要求與時間的研磨卻把我訓練成一個硬起心腸肩挑病痛的資優護理人員，我終於悵然了悟到，做爲白衣天使，對於那些瀕臨死亡的末期病人，最後的責任，就是護送他們安然踏上那條不歸路。「香提之家」的義工大偉告訴我，雲哥走得很安詳，他的神志一直是清醒的。大偉說雲哥是他照顧的病人中，走得最乾淨的一個。我的確相信，在他生命的最後一刻，雲哥不再感到孤獨與寂寞。窗外的陽光斜照在雲哥的空床上，我在床邊跪了下來，倚著床沿開始祈禱，爲雲哥、爲他的Danny Boy，還有那些千千萬萬被這場瘟疫奪去生命的亡魂唸誦一遍〈聖母經〉。

原載中外文學第三十卷第七期　二〇〇一年十二月

附註：本篇原爲梅家玲教授主編《永遠的白先勇》邀稿而作。

Tea for Two

從前我和安弟約會的時候，我們經常約在Tea for Two。Tea for Two在十八街上，靠近第八大道，當年是曼哈頓上雀喜區（Chelsea）十分走紅的一家「歡樂吧」。酒吧不算大，可是後面卻連著個小餐廳，餐廳名曰：Fairyland。酒吧和餐廳其實都經過大偉和東尼一番精心設計，是下過眞功夫的。東尼自己掌管Fairyland，大小事務一把抓，連餐桌上每天的鮮花也由他親自挑選。每張餐桌上的小水晶瓶裡都插著一莖玫瑰花，從殷紅、艷紅、粉紅到嬌黃嫩白，每朵顏色各異，配著同色的蠟燭，燭光花朵交相輝映，這樣才夠羅曼蒂克——東尼如是說。的確，Fairyland，一週七天天天滿座，排隊都要排上個把小時，但一些「歡樂男」、「歡樂女」開始幽會總喜歡約在這裡。由於東尼本人是華人，引來不少亞裔的「歡樂族」，日裔、韓裔、泰國幫、菲律賓幫都有。當然，也有來自世界各地的歡樂炎黃子孫。因此，幽會的情侶，東西配特別多。東尼說Tea for Two是「東方遇見西方」的最佳歡樂地。

東尼經營餐廳，的確有他一套，規格甚高。他本人每天穿戴得整整齊齊，緞子翻領的黑西裝，漿得筆挺的白襯衫領上繫著一隻酒紅的蝴蝶結。西裝左上方口袋揷著一片同樣紅灩灩的絲手巾，絲巾疊成山字形，貼在胸上。一雙尖頭黑皮鞋，擦得光可鑑人。東尼最多不過五呎五六，屬於五短身材，全身圓滾滾，從頭圓到腳。他有一雙烏溜溜大大的圓眼睛，一球蒜頭鼻，一撮圓圓的小嘴，一疊厚厚的雙下巴，在他那張圓圈似的胖臉下端多添出一道半弧來。最醒目的是他身後翹起的那張曲線飽滿的圓屁股，把他外套的後襬高高撐起。東尼喜歡笑，一笑就呵呵的笑個不停，可是往往笑到一半，突然覺得不好意思了，便趕快用他那隻肥嘟嘟的手把嘴巴掩蓋起來。那時東尼大概已經五十大幾了，但他摀住嘴眨巴著一雙大眼睛時，卻像個稚氣未退的老頑童。這跟他的髮型也有關係，他剪了一頭寸把長的短髮，因爲他的頭髮特別柔軟，乖乖的覆蓋著頭頂，前額卻一刀齊，好像罩著頂瓜皮帽，透著幾分調皮。

東尼算得上是個中型胖子，可是我從來沒見過哪個胖子像東尼那樣胖得乾淨俐落。他週旋在十幾張餐桌間，腳不沾地似的來回穿梭，把他手下幾個侍者珍珠、百合、仔仔指揮得團團轉。幾個侍者也是一律黑白打扮，跟東尼一樣都繫著紅蝴蝶領花，領班和扈從配合得節奏分明。珍珠和百合是一對形影不離的

「歡樂女」。珍珠是在唐人街長大的，是個黑裡俏的台山妹，我們都把她叫做「黑珍珠」。珍珠雖然小巧玲瓏，但企檯一加一，手快腳快，一人抵二人用，是東尼最得力的助手，東尼逢人便介紹珍珠是他的寶貝女。珍珠說，她一共有三個爹爹，大偉是她的「大爹爹」，東尼是她的「胖爹爹」，而她自己那個台山廚子爹卻不認她了，他逼她嫁人，她說她早已嫁給了百合。百合是從德州來的，還有一口濃重南方口音，她剃著個三分頭，牛高馬大，猛一眼倒像個楞小子。她在餐廳裡，埋頭苦幹，甚麼粗活一腳踢。Tea for Two 裡面的紅人其實是仔仔 Sonny，東尼說仔仔是他的搖錢樹。仔仔是夏威夷來的第三代日裔，本名叫光樹正男，一雙單眼皮的細長眼，泛滿了桃花，有幾分秀媚，是個可人兒。有幾位四、五十歲的中年常客便是衝著他來的。這群老山羊喜歡找仔仔胡謅，吃他的豆腐。仔仔精乖，一把嘴甜如蜜，把那群老山羊個個哄得樂陶陶，於是大把大把的小費便落入了他的口袋。那群老山羊都是有來頭的，那座兩百多磅留著一把山羊鬍的大肉山是紐約大都會歌劇院的名導演，米開蘭基諾的拿手戲是普契尼的《蝴蝶夫人》，歐美的名歌手他都導過了，他攬住仔仔的腰說：

「你才是我最心愛的Cho-Cho san！」他對仔仔完全著了迷。山羊群裡還有華爾街的股票經理，公園道上的私家牙醫，NYU教東亞史的名教授F. O.梅地笙。

東尼的Fairyland廣受歡迎並非偶然，他的原則永遠是顧客第一。不過他對我和安弟卻特別偏心，有時週末等檯的客人名單太長，他會偷偷把我們兩人的名字挪到前頭去，在我們耳邊悄悄說道：「跟我來吧。」他把我們引到餐廳僻靜的一角，然後替我們點上蠟燭，那一桌是嬌黃的蠟燭映著嬌黃的玫瑰花。東尼由衷的疼愛安弟，他擰擰安弟的腮說道：「乖乖，你想喝點甚麼？胖爹爹請你，給你們這對卿卿鳥來杯『彩虹酒』吧！」珍珠端來的兩杯「彩虹酒」有七層不同的彩色，上面燃著兩朵蔭藍的火焰。我跟安弟互相舉杯對飲的時候，那對鬱金香型細長的高腳酒杯還是溫溫的。東尼設計的菜單也是東西配：前菜有法式焗蝸牛，也有日本「沙西米」。主菜有中式牛柳！也有雙人共進的Chateaubriand，這道是他們的名菜，牛肉嫩得入口即化。我和安弟的週年慶祝，點的就是這道菜，兩個人你一刀、我一刀切著分來吃。東尼本人廚藝高超，而且有國際視野，他親手調製的法式甜點蘇飛蛋奶酥，第一流。

我們在燭光下慢慢品酒，細細傾訴，吃完甜點總要近十一點了，這時前面的酒吧剛剛才開始活躍起來。我和安弟搶先佔到酒吧鋼琴邊的座位，聽大偉自彈自唱：〈飛我上月球〉、〈暗夜裡的陌生人〉、〈無法習慣失去你〉這些在紐約「歡樂吧」裡經常演唱歷久不衰的流行老歌。大偉自誇歌喉比愛迪威廉斯還要有磁性，大偉的聲音雖然有點沙啞，但是每首歌都唱得十分動情，很能揪住人心。大偉留著兩撇騷鬍子，一頭鐵灰的長髮刷得波浪起伏，他身高六呎，五十開外的人身材還保持得挺拔修長，穿上他那件天鵝絨墨綠外套，頸上繫著一條銀灰色的絲領巾，一副風流自賞的模樣。有人說他像《亂世佳人》裡的克拉克蓋博，大偉也自認如此，不過他說蓋博的戲演得並不怎麼樣，臉上似笑非笑只有一個表情，他要去演戲，就會比蓋博高明得多。據說大偉念大學時曾經在百老匯的歌舞劇《南太平洋》裡撈到一個龍套角色，只演了幾天，就被他那個開骨董店的猶太老爸押回哥倫比亞念書去了。要不然，他早就成爲百老匯一顆熠熠紅星了，大偉一直這樣認爲。說到這裡，他便會引吭高歌一曲《南太平洋》的主題歌：〈某個奇妙的晚上〉，於是我們大家都拍手喝起采來捧他的場。大偉一看見安弟便直擠媚眼，笑得一臉開了花，專門爲安弟唱一曲〈我把心留給了舊金山〉，因爲安弟是在舊金山出生的。大偉喜愛安弟，也就是說他喜愛所有漂亮的男孩。

Tea for Two 酒吧的裝飾一律古香古色，四週的牆壁都鑲上了沉厚的桃花心木，一面壁上掛滿了百老匯歌舞劇的劇照：《畫舫》、《花鼓歌》、好幾個版本的《南太平洋》，另一面卻懸著好萊塢早期電影明星的放大黑白照，中間最大那張是「歡樂女皇」嘉寶的玉照，一雙半睡半醒的眼睛，冷冷的俯視著吧裡的芸芸衆生。酒吧中央那張吧檯也是有講究的，吧台呈心形，沿著檯邊鑲了一圈古銅鏤著極細緻的花紋。於是歡樂客便圍著那顆心坐滿一圍，每人一杯在手，眼波相勾，互相瞄來瞄去，可以瞄個整晚。只是忙壞了兩個酒保，站在吧檯後面的調酒師金諾是在小義大利城長大的，年輕時當選過健美先生，還上過《身材》雜誌的封面。嚴冬十二月，他在吧裡也只穿著一件箍得一身緊繃紫紅色的T恤，胸上背上的肌肉東一塊西一塊的奮起，好像隨時都會把他那件過緊的T恤撐爆似的。這個大壯漢週身放射著男人氣，是 Tea for Two 的雄性中心，他調酒時也好像在做秀一般，一隻肌肉虬結的壯臂倏地將玻璃調酒器高高舉起，唏哩嘩啦一陣碎冰的篩搖，各色鷄尾酒便搖了出來，然後十分瀟灑俐落的往酒杯裡一傾，滴酒不漏。跑堂的酒保費南度是個菲律賓小壯漢，小費那張棕色發亮的圓臉上永遠掛著一團笑容，而且還有兩個小酒渦。他和金諾也是一對東西配，跟金諾一樣冬天也穿著一件緊綳綳的T恤。越戰期間，金諾的軍隊駐紮在菲律賓克拉克空軍基地，小費是美軍僱用的廚子。戰後金諾千方百計把小費弄到美國來，兩個人天天到健身房去練肌肉。

Tea for Two沒有迪斯可，也從不放硬搖滾，到了週末人多，中間幾張桌椅一撤，便是一個小舞池，可以跳得下七八對，都是貼面舞，最多插幾曲拉丁的恰恰和倫巴。因此，Tea for Two整間酒吧都洋溢著一股老紐約的懷舊氣氛，比起格林威治村那些狂野的「歡樂吧」來，多了幾分雅馴和溫柔——連所有的燈飾都是暗金色的。到Tea for Two的「歡樂族」，尋找羅曼史多於一夜情。但Tea for Two也有令大家呼叫歡騰的時分，那就是週末晚大偉和東尼兩人客串的歌舞表演。大偉和東尼都換了一色舞裝，黑白條子的上身外套，絳紅的緊身褲，頭上戴著頂高禮帽，兩人都穿上了踢躂舞鞋。兩人站在一起，一高一矮，一胖一瘦，一齊脫了帽子向觀衆一鞠躬，便載歌載舞起來，表演了一段五〇年代老電影 *Tea for Two* 中桃樂絲黛和戈登麥克瑞合跳的踢躂舞來。兩人在那小舞池裡，踢踢躂躂，進退如儀，忽兒同時向左轉，忽兒同時向右轉，一齊甩手，一齊翹屁股，節拍分秒不差，好像兩人在一起練過一輩子的舞，已經達到百分之百的默契，簡直有點百老匯的味道了。於是我們都圍在舞池週邊，鼓掌的鼓掌，喝采的喝采，大家異口同聲合唱起〈Tea for Two〉來：

Tea for Two
And Two for Tea
Just me for You
And you for me
Alone——

那是七〇年代末八〇年代初紐約的「歡樂年代」最關鍵的時刻，也是我一生中感到最幸福最美滿的剎那，我有安弟依偎在我身邊，我摟住他的肩，我們手中都擎著一杯甜沁沁的「彩虹酒」。

我是在Tea for Two邂逅安弟的，那是個四月天的春夜，紐約的天氣剛剛轉暖，我們兩人在Tea for Two裡恰巧坐在酒吧檯那顆心的尖端。安弟穿了一件蘋果綠的薄毛衣，配著件杏黃色軟領襯衫，他那年只有十九歲，他是那樣的青春，那樣的俊美，我情不自禁的一直凝睇著他，看得他不好意思了，對我羞澀的笑道：「我叫安弟。」他是用標準的中文講的，那一刻，改變了我一生的命運。

安弟是個中美混血兒，他有西方人的英挺和東方人的蘊秀。他那一頭豐盛柔軟的黑髮是顯性的東方，一雙眼角上挑的明眸是古典中國式，可是他的鼻梁高挺，輪廓分明，白皙的皮膚是那樣的潔淨——安弟是個東西合璧的美少年。而他的性格又是如此溫柔可親，是個心地善良的好孩子，難怪Tea for Two裡面的人都疼愛他。

安弟叫我羅大哥，他說他很高興終於找到了一位中國哥哥。安弟的父親是到台灣學中文的留學生，追上一位比他大五歲語言中心教中文的老師，兩人結婚後回到舊金山，安弟父親繼續在史丹佛念博士，他母親卻在舊金山州立大學覓得一教中文的教職，賺錢貼補家用，安弟就是在舊金山出生的。博士念完，他父親把他母親拋棄掉，兒子也不要了。他母親只得又嫁了一位老教授，是個脾氣古怪的英國人，在紐約愛因斯坦醫學院教遺傳學，養了一屋子的白老鼠。安弟說他受不了家裡的老鼠尿臊，更受不了那個成日喃喃自語的怪癖繼父。上大學安弟便搬出來自己獨立生活了，暑假他便在 Tea for Two 打工賺學費，是東尼得寵的助手，所以他到 Tea for Two 去喝酒，經常是免費的。

安弟在布魯克林的普拉特學院（Pratt Institute）學攝影。他說他最大的夢想便是當特約攝影記者，有一天能替《國家地理》雜誌拍攝一個專輯，他希望到中國熱河的承德去拍攝滿清王朝的避暑山莊，他母親一家是旗人而且是滿清貴冑的後裔，他母親的祖母嫁給葉赫那拉氏族，曾經奉召到熱河行宮參見過慈禧太后的，從小他母親便津津樂道講給他聽他母系家族一些近乎神話的傳說軼事，他母親告訴他，他身體裡流著中國人的「藍血」。安弟的確舉止間自然流露出一股秀貴之氣，他是我心中的小王子。

可是安弟對我說，他一直有著身分認同的困擾，大概他幼年時他與他的中國母親便遭到他美國父親的遺棄，所以他覺得他身體裡中國那一半總好像一直在飄泊、在尋覓、在找依歸。我把安弟緊緊摟入懷裡，撫摸著他那一頭柔順的黑髮，在耳邊輕輕說道：「安弟，讓我來照顧你一輩子吧。」那時我已在NYU拿到了企管碩士，並且在大通銀行找到一份待遇相當優厚的差事。我在第三大道上近二十一街處租到一間第十八層的頂層閣樓，閣樓有一個陽台，站在陽台上，入夜時，可以看到曼哈頓燦爛的晚景。我與安弟倚在陽台的鐵欄上，抬頭眺望曼哈頓上空紫色的天穹，等著那一顆一顆星光的閃現。我緊執著安弟的手，心中有一份莫名的感動。安弟是我第一個深深愛戀上的男孩子，那份愛，是用我全部生命填進去的。

我與安弟決定生活在一起，那是在我們交往半年後的事了。安弟搬進我的頂樓公寓，我們打算成立一個家，其實多少也受了大偉和東尼的啓發。大偉和東尼慶祝他們在一起四十週年的那天，也請了我和安弟到他們家去參加他們的紀念「派對」。那天請的都是自己人：珍珠和百合，仔仔帶了他那座大肉山的大都會歌劇導演，他和米開蘭基諾已經同居了，還有那一對壯漢大肌肉金諾小肌肉小費。因爲是喜慶，我們大家都送了花去，我和安弟到花店特別訂製了一隻用紅白兩色各樣四十朶康乃馨串紮起來的心形花圈——那是安弟的主意。大偉和東尼果然大樂，大偉一把抱住安弟，在他腮上一連親了幾個響吻，還不肯放手。東尼狠力一把推開他，嗔道：「夠了、夠了，你這隻老山羊，別嚇壞了我的乖乖！」說著便把安弟拖走了，我們都大笑起來。

大偉和東尼的家在「東村」第八街聖馬可廣場附近，是一幢三層樓的褐色磚房，外表古雅，一扇蟠花的鐵門引著一道石階上去。大偉說這是他們家傳下來的老屋了。他一面引導我們大夥參觀他和東尼兩人精心布置的這個家，一面介紹他祖上頗帶傳奇色彩的家世。大偉的祖父是舊俄時代的猶太人，是聖彼得堡的富商，俄國大革命舉家逃到中國輾轉到上海落腳。大偉父親是個精明強幹的生意人，在上海霞飛路開了一家叫「卡夫卡斯」的高級西餐廳，生意鼎盛，大偉便是在上海出生的。他還會幾句寧波腔的上海話：「慢慢叫、慢慢叫」，是他的寧波保母教他的。後來日本人打進上海，大偉一家又逃到紐約來，船上帶了幾十箱的中國骨董跟家具，便在曼哈頓第五大道上開了一家骨董店，有個中國名字就叫「霞飛路」，大偉父親大概還一直懷念上海霞飛路他從前那家老餐廳。大偉是獨生子，他父親留下的寶貝，他都繼承了下來。

大偉和東尼家一樓的大客廳是橢圓形的，裡面的陳設跟主人一樣完全是東西配。那一堂兩長兩短高靠背絲絨沙發，寶藍鑲金邊，是英國維多利亞時代的，但是四張對開的椅子卻是中國酸枝鑲雲煙石的太師椅，兩張沙發後面各豎著一檔高達一丈半的烏木屏風，嵌著碧瑩瑩的翠玉片，一檔是百美圖，另一檔是喜鵲嬉春，雕工極細，人物眉眼分明，花鳥百態儼然。大偉說這對乾隆年間綴玉屏風是他父親留下來的傳家之寶，有人出過唬人的高價他也不捨得出讓。這一組中西配搭的家具，有一種奇特的和諧，就如同客廳其他角落的擺設一般，那些瓶瓶罐罐，一中必有一西，配得成雙成對。大偉指著東尼的背影悄聲跟我們說道：「他是室內設計專家，這些擺設都是他的主意，我改動一下，他整天都不跟我說話呢！」

大偉率領我們上二樓去參觀他們的臥室，東尼卻帶著珍珠百合至廚房準備晚餐去了。大偉和東尼那間睡房也裝扮得十分特別，房間相當大，中間一鋪帝王型的紅木床，床上床下卻堆滿了幾十個枕墊，中國的、印度的、波斯的都有，金線面夾著大紅大綠的花花葉葉，有的有三四呎見方，小的才一個巴掌大。臥房四壁都鑲了鏡子，鏡子上端有聚光燈，映得整間臥房彩色繽紛，好像進到一個童話世界的幻境中一般。大偉指著床上那些枕墊笑道：「東尼睡覺最不守規矩，滿床亂滾，我把床邊塞滿了墊子，免得他滾下床去。」

床頭有一張半月形的桌案，上面擺滿了大大小小鑲了各種鏡框的相片，都是大偉和東尼兩人合照的：兩人騎在大象背上是在泰國照的，頭上戴了花冠、頸上套著花環，連腰上也插滿了大朵大朵的熱帶花，大偉說那是他和東尼兩人一九七五年到大溪地拍的。擺在中間一張放大的黑白照，是個赤身露體十來歲的男孩背影，男孩圓滾滾的屁股翹得高高的，背景是一片湖水，燦爛的陽光把湖水都照亮了。大偉笑咪咪的指著那張照片說，那是東尼在紐約州上面的奇普西參加童子軍露營時，他偷偷替東尼拍下來的。我們都湊近去看，仔仔指著東尼那張圓滾滾的翹屁股驚呼道：

「哇！這張屁屁迷死人哩！」

「這就是我迷戀他四十年的主要原因，」大偉頗自得的嘿嘿笑道。

「你的也不差喲！」

那座肉山導演伸出他那熊掌似的大手在仔仔的後面摩挲了一下，摸得仔仔咯咯的騷笑起來。

飯廳在一樓，位於橢圓客廳的一端，隔著一扇卍字雕花的推門，飯廳全是大理石的裝飾，地板、壁爐，連那張長方形的餐桌都是乳白底子漾著赭紅花紋的大理石，溫潤光滑，倒有點像一盆東尼調製的蛋奶酥。餐桌可容十二人，那天桌上擺滿了鮮花，我和安弟送的那圈康乃馨放在桌子正中央，紅白對襯，花心中間立著一柄扇形的銀燭台，上面插了十二支修長的瑩白蠟燭。

那晚的四十週年紀念晚宴，大偉和東尼把他們家中的寶貨都拿出來待客了，他們收藏了十幾年從法國帶回來的一打一九六五年釀製的名貴紅酒也從箱底翻了出來。東尼爲了這餐盛宴足足籌備了一個星期。每一道菜上來，我們都不由得哇的一聲讚美。東尼說那些鵪鶉是他開車到新澤西州一個鵪鶉場上親自挑選的，隻隻肥嫩，而且是現宰的。那晚那道壓軸大菜奶油鮮菇焗鵪鶉果然不凡，鮮美無比。

珍珠堅持要她的胖爹爹坐下來好好用餐，由她和百合兩人伺候上菜。大偉和東尼都換上了一式午夜藍緞子上衣，黑絲絨的衣襟上各人別著一朵綠絲帶編織成的康乃馨。壁爐裡燃燒著松香木，熊熊的火光映得兩人的醉顏鮮紅。東尼本來就愛笑，那晚更是呵呵笑得肆無忌憚，也忘了用他那胖手去遮嘴巴了，兩人你一句我一句搶著告訴我們他們湊在一起的故事。

原來東尼也是在上海出世的，他的父親也是個富商，開間大紡織廠，家裡有點洋派，經常上西餐館，是「卡夫卡斯」的常客，所以兩家人原本就認識。

巧的是，東尼和大偉是同年同月同日生的，大偉只早出生兩個時辰。更巧的是兩人竟出生在同一家醫院，兩家人都選上了當年上海最高級的廣濟醫院，是法國天主教開的。一九四九年共產黨來了，東尼一家先去了香港，後來又來到紐約，兩家再次聯絡上。大偉和東尼上初中時就被家裡送去同一間私立貴族男校，兩人同在一個班上。

「那時班上只有我一個中國人，常常受欺負，」東尼撕著一隻鵪鶉腿說道，「那群傢伙天天追著我叫我『中國娃娃』『胖子胖』，幸虧有他保護我！」東尼將頭在大偉肩上靠了一下。

「我常常爲他打架，打得那班小子個個求饒！」大偉舉起拳頭得意揚揚誇口道。

「別忘了你的鼻子也給打歪了的，」東尼乜斜著眼睛瞄了大偉一眼。

「那是我自己跌跤跌的，」大偉支吾道。

「講講你們的『第一次』吧！」仔仔促狹道，我們都鼓譟起來。

「是你講還是我講？」大偉問東尼。

「你講吧，可是不許胡說八道，」東尼警告道。

大偉說他們兩人上初三那年暑假參加童子軍夏令營，在奇普西的一個森林裡露營，他和東尼睡在一個帳篷裡，而且睡在一起。

「睡到半夜，我突然感到一團暖呼呼圓滾滾的肉屁股湊了過來——」

「別聽他胡說，」東尼急忙打斷大偉的話，「眞相是這樣的：那晚我已經睡著了，突然一隻手伸進我褲子裡亂摸一陣，把我弄醒了。」

大偉繼續興致勃勃的描述他和東尼的「第一次」。他說那晚他和東尼藉故出去小便，爬出帳篷兩人連跑帶跳穿過一片野杉林，飛奔到湖邊去。

「那天晚上月光很亮——」

「沒有月亮，只有星星！」東尼指正大偉。

「星星也很亮，把湖水都照亮了，」大偉不爲所動繼續說下去，「我們兩人就在湖邊的草地上，脫得精光——嚄，我敢說，那晚整個湖都在翻騰呢！」

大偉得意忘形的數說著，東尼一雙胖手摀住臉倒不好意思起來。

「我的上帝！」大肌肉金諾情不自禁的驚嘆道，他伸出手去捏了一把小肌肉小費的膀子，小費的酒渦笑得更深了。我也暗暗在檯下握了一下安弟的手，安弟望著我會心的微笑。

「我敢打賭，你們兩人那時毛還沒有長齊呢！」仔仔笑著調侃道。

「喂、喂，你們說話文雅些吧，」那座肉山導演故作正經的說道，「我們還有兩位女士在這裡呢！」

珍珠和百合剛剛捧了甜點進來。

「她們兩人見過世面的，不礙事，」大偉攬住珍珠說道。

「大爹爹，你只管說，」珍珠俯下去親了一下大偉的額頭，「你和胖爹爹的羅曼史我們也愛聽的。」

大偉說那整個夏天他和東尼都在狂熱做愛，兩人趁人一不注意就溜出去親嘴打野炮。有時兩人鑽進山洞裡，有時爬進排水溝裡，但是最開心的還是三更半夜兩人偷跑到湖邊，脫得精光跳到湖中去嬉水。那是他們一生最難忘懷的一個夏天，兩個人，同一天，度過了十五歲的生日。

珍珠和百合倆推進來一座兩層大蛋糕，第一層上足足點了四十支五顏六色的小蠟燭。第二層上卻立著一對小人兒，一高一矮，一胖一瘦，各戴著一頂高禮帽，穿著黑白條子的上衣，深紅褲子。我們走近去圍著一看，連眉眼都畫得有點像大偉和東尼，大偉的八字鬍和東尼的雙下巴也描了出來，大家看得都鬨笑起來。珍珠說那兩個小人兒是她用麵粉捏出來，她在唐人街學過這行手藝，還可以捏出各種小動物來。

大偉和東尼兩人手攙手走到蛋糕面前，倏地向我們一鞠躬，你一句我一句連唱帶做，表演了一齣迷你歌舞劇：《四十年來了又過去》。

大偉：蜜糖，我足足聽了你四十年的打鼾聲，

東尼：甜心，我也足足聞了你四十年的響臭屁。

大偉：我為你洗了四十年的髒廁所，

東尼：別忘了我也替你洗了四十年的髒襪子髒內衣。

大偉：我做了你四十年的私家司機天天載你逛街看戲，

東尼：我也做了你四十年的私人廚子天天給你炒蛋煎魚。

大偉：蜜糖，四十年我哪次忘記送你生日禮？

東尼：甜心，四十年我何曾忘記每晚親一下你的大雞雞！

東尼突然伸一隻胖拳頭一拳打到大偉胸上，恨恨唱道：

有一點、最可恨，老山羊看見漂亮孩子就流口水色迷迷！

大偉趕快摟住東尼的肩膀涎著臉唱道：

可是蜜糖，最後我還不都是乖乖回來擁抱你的胖屁屁！

大偉、東尼合唱：四十年來了又過去，為甚麼我還跟你廝混在一起？因為我們同年同月同日生，兩人在一起，真有趣。

大偉和東尼還沒演唱完，我們老早笑成了一團。珍珠和百合尖叫起來，百合一把將珍珠抱得離地而起，大肌肉小肌肉兩人用拳頭互相搥來搥去，肉山導演已經喘不過氣來，眼淚直流，仔仔趕緊替他搥背，安弟笑得直往我懷裡鑽。大家笑著笑著不約而同一齊拍手唱起了〈Tea for Two〉，於是很自然的，大偉和東尼，兩人一齊甩手、一齊翹屁股，跳起他們的踢躂舞來。

我在台北的父母親本來盼望我在美國一念完書就回去的，父親在台灣有一家蒸蒸日上的大企業，他鼓勵我念企管就是希望我學成回去幫助他，經過他的調教磨練，日後接班，把羅家的事業繼續壯大下去。母親卻另有打算，她經常提醒我：都已經三十出頭了！她在敦化南路三六九巷看中了一層公寓，三房二廳，五十坪，我回去成家住正好。當我告訴父母親我在紐約找到了一份好差事，暫時不會回台北，當然令他們大失所望。我不忍心告訴他們，我遠走美國就是要逃離台北，逃離台北那個家，逃離他們替我安排的一切。我根本無法告訴他們，是在紐約，我找到了新生，因爲在 Tea for Two 裡，我遇見了安弟。

安弟的母親 Yvonne 葉吟秋女士倒開通得很，安弟搬進我第三道的閣樓公寓是他母親親自開車替他把行李送過來的。葉吟秋女士是位長相高雅，談吐溫文的婦人，尤其是她那一口京片子，悅耳中聽。安弟雖然只會說一些簡單的中文，但標準的發音卻是從他母親那裡學的。他的中文名字叫葉安弟，也跟著母親姓了。大概生活經過一番風霜的磨礪，Yvonne一頭頭髮倒早已花白了，然而她眉眼間的一份貴氣，大概是她正黃旗的老祖宗代代相傳下來的。她臨走時鄭重的把安弟託付給我，也順著安弟叫我羅大哥：

「羅大哥，安弟還是個孩子，不懂事的地方，請您多擔待。」

安弟搬進來與我同住後，我才開始有了「成家」的感受，安弟和我兩人把閣樓公寓布置成一個溫暖的小窩巢。安弟很有藝術眼光，他替我挑的幾件家具，簡單樸素，可是往閣樓裡一擺，不多不少，正好構成一幅視覺舒暢的圖畫。閣樓僅有的一面空牆，懸掛上安弟最得意的一張攝影，那幅影像的尺寸放得很大，幾乎佔滿了一半牆壁。那是安弟在維蒙州拍攝的一幅春景。整幅畫面都是一片耀眼的綠，新生的嫩葉，千千萬萬，向天空舒展，朝日的艷陽，萬道金光，把一頃叢林都點燃了，安弟捕捉到初春晨曦最燦爛的片刻。那幅綠得令人神爽的影像佔據了我閣樓的中央，讓我感到安弟眞的闖進我的世界裡來了，而且帶來一身亮綠的青春。我將安弟擁入懷裡時，我可以聞到他身上的少年香。

大偉和東尼知道我和安弟已經定情同居在一起，他們兩人送了一件貴重的賀禮給我們，一套英國雅致的銀器茶具，而且在兩隻銀杯刻上了L跟Y我和安弟的姓氏字母。東尼雙手摀住安弟的面頰，笑道：

「乖乖，你和羅兩人也可以來個 Tea for Two 了。」

那年春天，我和安弟兩人，常常在陽台上喝我們的「雙人茶」。往往在星期日下午，我們把茶几椅子搬到陽台上去，將那套銀茶具擺出來，安弟和我都喜歡喝奶茶，我們用的是印度大吉嶺紅茶，那有高山茶的一味醇厚。我們樓下隔壁便是一家法國糕餅店，我和安弟坐在陽台上，手裡擎著那一對銀茶杯，一面喝奶茶，一面品嚐法國糕餅店各色精巧的水果蛋糕。那年曼哈頓開暖得早，我陽台上那十幾盆齊胸高的「慾望之心」一下子齊都怒放，整個陽台蓋滿了花朵，那是一種重瓣的杜鵑花，外層雪白，裡層卻托著一顆鮮紅的花心，夕陽斜射在花叢上，好像一大疋白綾上濺滿了殷紅的血點一般。春風撩動著安弟一頭墨濃的黑髮，面對著坐在花叢裡的這個美少年，我心中充滿了憐惜，恨不得將安弟幼年時遭父遺棄所受的委屈統統彌補起來。對安弟，我是在溺愛他。

安弟只有一架二手的日本佳能照相機，配件也是七拼八湊而成的，他那隻三腳架，一隻腳已經不穩了，架起來下面還要墊東西。有一次，我和安弟走過三十二街一家有名的攝影器材行威老必，櫥窗裡陳設著一架德國萊卡公司剛出籠R系列的照相機，高踞在一座銀色的三腳架上，櫥窗裡的注燈射在上面，眞有睥睨群雄的架式，其他牌子的相機統統黯然失色。我和安弟本來已走過威老必門口，安弟突然折返在櫥窗前停了下來，指著那架萊卡哇地驚叫起來，他將臉抵住櫥窗玻璃看了半天，大概他看清楚那架萊卡的價錢了，回頭向我咋了一下舌，笑道：

「我要打一夏天的工才買得起這個寶貝呢！」

安弟的生日是七月四號，與美國國慶同一天，那是個大生日，那年他二十歲。頭兩天我已替安弟買好了一份禮物，從我辦公的大通廣場轉過去的華爾街上有一家萊卡專賣店，我在那家店裡買了一副R系統最新型的相機，連同全套配件各種鏡頭，外帶一隻非常漂亮醒目的硬殼黑色眞皮箱子，可以揹在肩上的，一共花了近三千元。我在生日卡上寫道：

我的小王子，希望有一天，你用這架萊卡，把中國的熱河行宮拍攝下來，我相信沒有人比你拍得更好，因為你的祖先曾在那裡風光過。

那天晚上，安弟放了學回來，走進臥房，看到那架嶄新的萊卡高高蹲在銀光閃閃的三腳架上，興奮得又叫又跳，抱住我亂親一頓。整晚安弟都在玩弄那隻相機，不肯放手，各種鏡頭試了又試，換一個鏡頭便喃喃自語讚幾句。裝好配件，充好電，他便要我坐在沙發上讓他對準鏡頭，然後按下自動開關，跑過來猴到我身上將我緊緊摟住，咔嚓一下拍了一張兩人摟成一團的雙人照。

從此以後，每天清晨，安弟趕到學校去上早課，出門時，第一件事就是先揹上那隻黑得發亮的真皮箱子，然後一隻手提起三腳架，搖搖晃晃便跑上街去，走到轉角處，他總要轉身向上望一下，他知道我一定會站在陽台上目送他離開，他會朝我擺一擺手，然後又急急忙忙趕著去乘地鐵。他從曼哈頓乘到布魯克林要轉兩路車，有四十多分鐘的行程，所以每天總是他先離開，而我到大通廣場，十二、三分鐘便到了。

那年聖誕節，本來我們已經講好邀請安弟的母親到我們家一同過聖誕夜的，因爲她那個古怪的遺傳學教授回英國去了。Yvonne 告訴我們，她會帶隻烤好的火鷄來，火鷄肚膛裡塞著的糯米飯，她說那是安弟最愛吃的玩意兒。葉吟秋女士是天主教徒，我和安弟答應她吃完飯陪她到第五大道的 St. Patrick 大教堂去望午夜彌撒。聖誕節的前兩個星期，安弟的課業即將結束，紐約第一場大雪剛下過，那天安弟出門，穿了一件銀灰色鴨絨裡子的半長大衣，一條長長的絳紅圍巾直拖到背後，他頭上戴了一頂白色的絨線帽，帽頂有團黑絨球，襯得他那張俊秀的面龐更是眉眼分明。他仍舊揹上他那隻黑皮箱，一手提著三腳架，興沖沖的跑了出去。我站在陽台上，看見他左晃右晃踏著街上的雪泥，身後的紅圍巾被風吹得高高飄起，他照例在轉角處回首舉起三角架向我揮別，銀灰的身影倏地便不見了。陽台上寒風陣陣，冰冷的空氣直灌入我領口，我一連打了幾個寒噤，趕緊回到屋內。

那天我們銀行來了幾個歐洲的大客戶，談完一樁生意已是晚餐時分，我的上司請那幾位歐洲大戶到五十五街的 Le Pavillon 去吃法國大餐，我找了一個藉口便趕回家，那時已近八點，可是安弟還沒有回來。我把通心粉拿出來，預備做一道蛤蜊通心粉，和安弟兩人共進一頓簡單的晚飯。這道義大利菜，我們兩人都愛吃。我先把通心粉煮好，打開一罐蛤蜊，將汁倒出來備用，等安弟一回來就下鍋爆蒜來炒蛤蜊。等到九點半，我已經開始心神不寧了，因爲安弟是個體貼的孩子，他有事晚歸，一定會先打電話回家，要我不用等他先用晚餐。十點一刻，電話鈴響，我跳起來去接電話，以爲一定會是安弟。電話是警察局打來的，警官先問我安弟是不是住在這裡，我說是。他又問我是安弟的甚麼人，我脫口道出我是他的監護人。警官告訴我，安弟出事了，他在布魯克林的地鐵站裡遭了搶劫，有人看見一個黑人強盜搶他揹著的皮箱，安弟和那個強盜扭打，被強盜一把推落到鐵軌坑道，給開來的快車撞個正著。

從那一刻起，我的記憶完全陷入了混亂狀態。我在停屍間裡昏厥過去，後腦撞到鐵架上，引起了腦震盪。那一跤跌下去，我從此一蹶不振。一位警官領我去認屍，他指著一團血肉模糊的東西，他說那是安弟。安弟的腦袋被壓扁了，他那頂白絨帽給血染得通紅，腦漿和絨線帽黏攪在一起，他的眼珠子被擠了出來，下巴整個歪掉移了位，露出上下兩排白牙來。他的一雙腿也軋斷了，只剩下一截身軀還能辨識，他那件銀灰的大衣，整塊整塊都是殷紅的血跡。安弟，我那美貌的小王子，瞬間竟變成了一個形狀猙獰恐怖的怪物。

我不知道在醫院裡昏迷了多少天，等我醒過來時，醫生又給我注射大量的鎮靜劑，讓我繼續昏睡，因爲我的神志稍微一清醒便會大喊大叫，發了狂一般。他們把我綁在床上，我爬起身時，會用頭亂去撞牆。等到我的瘋狂狀態完全過去，情緒已經穩定下來，醫生才讓我出院，那大概是三個多月以後的事了。醫生要我每個星期回到醫院去做心理治療，而且必須繼續服用鎮靜劑及抗憂鬱藥。是大偉和東尼來接我出院的，住院的那段時間，他們兩人經常來探望我，珍珠、百合、仔仔、金諾、小費好像也來過，不過我已記不清楚了。東尼來得最勤，每次他帶盒他親手做的蛋奶酥來，用叉子餵給我吃，其他的人我差不多都不認識了，只有東尼那隻胖嘟嘟又厚又暖的手撫摸著我的額頭時，我才有感覺。大偉和東尼開車送我回返第三大道我那間閣樓公寓後，兩人同時緊緊擁抱了我一下，東尼在我耳邊輕輕說道：

「到 Tea for Two 來，我請你喝酒。」

「羅，你一定要來，」大偉向我擠了一下眼睛，「我還要唱歌給你聽呢！」

第二天，一大清早，我收拾了一箱衣服，開了我那輛 Volvo，離開紐約。那一離去，等我再回到這座曾經把我的小王子愛人安弟吞噬掉的惡魔城市，已是五年以後的事了。

那天開車出城，天剛剛發青，我加足馬力，開上華盛頓大橋。我像逃亡一樣，逃離那群鬼影幢幢的摩天大樓。我開上八十號州際公路，直往西奔，頭一天我開了十六個小時，穿過紐澤西、穿過賓西法尼亞、進入俄亥俄，直到我開始打盹，方向盤抓不穩車身開始搖晃我才從公路岔了出去，在一個荒涼的小鎮找到一家汽車旅館，蒙頭大睡了一晚。

第二天一早，我又上路繼續往西奔，開過印地安那、進入伊利諾，經過芝加哥時，我停也沒停，趕緊穿過去，我對於豎滿了高樓的大都會有一種說不出的恐懼。也不知開了多少時候，一直到汽油耗盡，人也累得開不動了，終於在愛荷華州東部一個叫雪松川的小城停了下來。就這樣，我匿藏在愛荷華州，好像一個被通緝的殺人犯般，躲在中西部那片無邊無垠的玉米田中，埋名隱姓，與世隔絕，悄悄的度過了五年。

雪松川是一條水流急湍的河流，穿過城市中心，春天開凍時，流水擠著融化的冰塊，滔滔往下滾去。我在雪松川市的東郊，租了一間小木屋，河的兩岸都是雪松叢林，小木屋便隱藏在密密的森林中。在屋裡，終夜聽得到汩汩的流水聲、森林裡呼號的風聲，有時候，月色清冷，半夜三更突然間破空而來傳過幾聲尖銳刺耳的慘嘯，那是貓頭鷹對月啼叫，我常被這陣慘叫從夢中驚醒，一身冷汗涔涔。頭一年，我甚麼事都不能做，因爲注意力完全無法集中。我像一個患了失憶症的病人，腦中記憶庫裡的過去紀錄，突然崩裂掉，我與親友完全斷絕了音訊。有時我整日坐在河邊，望著滾滾而去的流水發呆，不知自己是誰，身在何處。有時我開了車子在愛荷華州筆直通天的公路上漫無目的飛馳，一直開到杳無人煙的玉米田裡停下來，看著那輪血紅的夕陽冉冉沉落到那一頃萬畝的玉米叢中。

第二年開春，我銀行裡的積蓄用光了，我在雪松川市政府找到一份會計工作，對我來說這是再也輕鬆不過的差事。雖然薪水少得可笑，但也足夠支撐我在小木屋簡單的生活。雪松川東郊都是捷克人的移民區，以養豬爲業，那些樸實憨厚的捷克農夫兩三代還在講著口音古怪的捷克話。我經常到他們農場去買他們自己醃製的臘腸、鹹肉，他們也會做燻豬蹄，只有市價的一半，而且新鮮。我在小木屋的後面開闢出一塊耕植地來，我種過玉米、番茄、包心菜、馬鈴薯、胡蘿蔔。愛荷華州的耕地肥沃，多半是腐葉土，隨便種甚麼，長出來都粗粗壯壯的。我也學那些捷克農夫做羅宋湯，煮一大鍋吃幾天。就這樣，我喝著羅宋湯，度過幾輪失去了記憶的寒暑。直到有一天，我常常去買臘腸火腿的一戶農家，那家的老祖母過世了，老婦人生前對我很親切，每次去她都送一長條她親自焙烤的麵包給我夾火腿。她兒子把她一架舊式的收音機送給我做紀念，因爲他知道我的木屋裡沒有裝電視、沒有唱機，沒有任何音響設備。有一晚，我打開那架老舊的收音機，一家經常播放老歌的電台，正在播放金嗓子桃樂絲黛的精選歌曲，突然間，我聽到桃樂絲黛甜絲絲帶著磁性的歌聲：

Tea for Two,
And Two for Tea——

我那久已麻痺的神經末梢忽然甦醒張開，眼前浮現出大偉和東尼兩人一高一矮、一胖一瘦，帶著頂高帽子，在舞池裡左轉、右轉、甩手、翹屁股，跳著踢躂舞。那一刻，我心中湧現起一股強烈的欲望：我要把我那斷裂的過去銜接起來。

一九八五年聖誕節的前一週，我開著我那輛早已破舊了的 Volvo，照舊沿著八十號公路，沒晝沒夜，開了四天的車，回到紐約。我在雀喜區找到一家YMCA旅館住了進去。那天晚上，我洗好澡，換上乾淨衣服，便步行到第八大道去，我去尋找 Tea for Two。走到十八街轉角原本是 Tea for Two 的舊址那裡，原來亮黃色的霓虹招牌不見了，卻換上紫巍巍 End Up 兩個大字。我遲疑了一下，推門進去，迎面沖來一流震耳欲聾的硬搖滾，音量之大好像洪水破閘而出，把人都要沖走了似的。裡面的燈光全變了雷射，隨著音樂忽明忽暗，雷射燈光像數千把寒光閃閃的利劍在空中亂砍亂劈，令人眼花撩亂。我進去後，隔了好一陣子，眼睛才看得清楚。原來 Tea for Two「歡樂吧」的布局全部改裝過，整間酒吧變成了空蕩蕩的一個大舞池，心形的吧檯也被拆掉了，酒吧被擠到一角，只有一道欄杆欄起來，把一個骨瘦如柴長髮披肩的調酒師關在裡面。四面牆上那些老牌明星照統統無影無踪，幸虧他們把嘉寶的玉照也拆走了，「歡樂女皇」

受不了這份噪雜。牆上換上大幅大幅壯男半裸的畫像，陽具和臀部的部位畫得特別誇大。硬搖滾敲打得如此猛烈，好像虛張聲勢在鎮壓、在掩蓋甚麼。舞池子裡只有十來個人，各跳各的，著了魔一般，身不由己的狂扭著。舞客穿著邋遢，雷射燈把他們身上罩上了一層銀紫的亮光，在轉動的燈光幻影下，好像空中紛紛在飄落齏粉，池子裡都撒滿了玻璃屑。我繞到後面去找 Fairyland，餐廳已改裝成電視間，牆上一面巨大的螢屏幕正在放映男色春宮，一群赤身露體的漢子交疊在一堆，在拚命重複著同一個動作。半明暗的電視間裡，只有稀稀落落三四個人，仰靠在椅子上，手裡握著一隻啤酒瓶，面無表情的瞪視著螢屏幕上那重複又重複的單調動作。Fairyland 不見了，Tea for Two 被銷毀得連半點遺跡都尋找不到。

「大偉和東尼你認識嗎？」我問那位骨瘦如柴，一頭蓬亂長髮的調酒師，我要了一杯不羼冰的純威士忌，一口便喝掉了半杯，那是我五年來頭一次開酒戒。

「沒聽過他們，」調酒師聳聳肩，臉上有點不耐煩。

「他們從前是Tea for Two的老闆，」我大聲對他叫道，搖滾樂幾乎淹沒了我的聲音。

「這裡換過好幾個老闆，」調酒師淡然說道，他又遞了一杯威士忌給我，我掏出五塊錢的小費塞給他，他望了我一眼，臉上木然的表情才稍緩和一些。

「金諾，你聽說過他嗎?從前他也在這裡調酒的。」我又問他，我拚命想把Tea for Two的歷史挖掘一些出來，好像要證明它確切存在過。

「金諾?當然，」調酒師說道，「我就是來接他的位置的。」

「金諾現在哪裡?」我好不容易抓到一根與Tea for Two有關的線索，趕緊追問下去。

「他死了，」調節師一雙深坑的眼睛瞪著我，大概他看見我不肯相信的樣子，又加了一句，「他去年死的，他得了ＡＩＤＳ。」

那天晚上我在 End Up 喝得酩酊大醉，回到ＹＭＣＡ旅館，我倒在房間地板上，放悲聲大慟起來，那是自安弟慘死後，第一次，我哭出了聲音。

第二天是聖誕夜，街上的人都搶著購買最後一些聖誕禮物。我擠進一家高級食品店，買了一瓶波多紅酒，一罐鵝肝醬，黃昏時，摸索著找到了「東村」聖馬可廣場第八街大偉和東尼那個家。大偉開門見著我便大聲驚叫起來，他緊緊摟住我半天不肯放手。

「感謝上帝！」大偉舒了一口氣嘆道：「你居然還活著。」

我們進到客廳坐定後，我向大偉略略敘說了我這幾年生活的情形，求他諒解我不辭而別，失去聯絡。

「我們都以爲你早就不在人世了，」大偉搖頭笑道，「可憐的東尼，他還爲你灑下一大把眼淚呢！他說你一定是跳到赫遜河裡去了，而且是從華盛頓大橋跳下去的。」

我笑了起來，說道：

「東尼說得倒有點對，我開車離開紐約，曾經開過華盛頓大橋，不過沒有跳下去就是了。」

「東尼呢？」我又問道。

大偉指了指樓上，放低聲音說：

「他在睡午覺，等一下我去叫他。」

我從袋子拿出那罐鵝肝醬來。

「我還記得東尼喜歡吃這個東西。」

「謝謝你想得週到，」大偉接過那罐鵝肝醬，望著我說道，「東尼中風了。」

「哦——」我禁不住伸出手去輕輕拍了一下大偉的肩膀。

「是去年冬天的事，」大偉補上一句。

剛進來時，我只顧著跟大偉敘舊，沒有注意到，大偉這幾年竟蒼老了許多。雖他仍舊穿著一襲華貴的黑絲絨外套，頸上繫著一塊暗藍灑金星的絲圍巾，頭髮仍舊刷得整整齊齊，但幾乎全白了。他消瘦了不少，連額上都添了皺紋，本來唇上兩撇風流瀟灑的髫子，因爲兩頰坑了下去，顯得突兀起來。

「不過東尼恢復得還不錯，我扶著他可以走路了，現在我就是他的枴杖，」大偉笑道，他努力向我擠了一下眼睛，「說不定再過一陣子我們又可以一齊跳踢躂舞了呢！」

我和大偉正聊著天，樓上傳來一陣敲地板的聲音，大偉馬上跳起身來往樓上跑去，一面爬樓梯一面喊道：

「蜜糖，我這就來了。」

我一個人坐在客廳的沙發上，環視了一下，發覺原先客廳裡那些骨董屏風酸枝木的太師椅統統不見了，偌大的客廳頓時感到空了一半。

「好極了，蜜糖，慢慢叫、慢慢叫。」

大偉攙著東尼從樓上走了下來，一步一步，互相扶持著蹭蹬步下樓梯，走兩步，大偉口中便唸唸有辭替東尼加油。樓梯口有一架輪椅，大偉把東尼安置在輪椅上推著向我走來。

「你看看，誰來了？」大偉指向我。

我馬上迎過去，俯下身去擁抱東尼。

「胖爹爹——」我叫了一聲。

東尼坐在輪椅上舉起他一隻胖嘟嘟肥厚的手掌在我頭上臉上亂拍亂打一陣，又著實捏了我的腮兩下，他激動得嘴裡咿哩嗚嚕吐出一堆我聽得不太清楚的話，他那雙滾圓的大眼倏地湧出兩行淚水來。大偉掏出手帕一邊替東尼揩淚，一邊替他解說道：

「東尼問你：你到底是人還是鬼啊？」

我緊緊握住東尼的胖手，求他原諒。東尼又是咿哩嗚嚕的喊了一頓，我發覺東尼的嘴巴歪了，左半邊臉是僵木的，右邊臉因爲激動，他那胖胖的腮幫子一逕在顫抖，他的左手臂彎曲了起來，手掌握著拳，手指伸不開了，胖嘟嘟白的手掌好像一隻肉饅頭。他從前那一頭乖乖貼在頭頂的頭髮，竟也灑上了霜雪。東尼穿著一件花睡袍，坐在輪椅上，縮成一團，倒像個頭髮花白的老嬰孩。

「別這樣激動，蜜糖，」大偉撫慰東尼道，「今晚我們好好慶祝一下，慶祝羅又復活了，ＯＫ？」大偉轉向我道：「東尼叫我把你綁起來，再也不讓你逃走了！」

說著珍珠和百合兩人走了進來，手上攜帶著幾大盒燒好的菜，百合手上捧著個錫紙盆，裡面盛著一隻烤得焦黃油亮的大火鷄。兩人見了我又是一陣哭叫。珍珠並沒有甚麼改變，還是一頭長髮黑裡帶俏，百合卻更加粗壯了，仍舊剃著個三分頭，但右耳上卻墜了一隻閃亮的金耳環。她放下火鷄，過來跟我重重的握了一下手，然後在我膀子上搥了一下，說道：

「眞的很高興再見到你，羅。」

珍珠卻依偎到我的懷裡情不自禁的抽泣起來。

那天晚上的聖誕餐，我們一邊吃，幾個人左一句右一句總離不開 Tea for Two、Fairyland，好像大家都拚命想把從前那段日子拉回來似的；說幾句，東尼便會咿哩嗚嚕插嘴進來，講急了口涎會從他歪斜了的口角流下來，於是大偉便忙著替東尼揩嘴巴。

「珍珠，胖爹爹說，你記錯了，Fairyland 並不是每天都有 Chateaubriand 這道菜，週末才有。」大偉替東尼糾正珍珠，「而且 F. O. 梅地笙教授最愛吃的是胖爹爹自己發明的燻鮭魚松子炒飯，不是泰國波蘿飯，百合，你也記錯了。」

「蜜糖，張開嘴，」大偉拈起一塊小餅乾塗上鵝肝醬，送到東尼口裡，「這是羅特別帶來送給你的。」

我坐在東尼右側，他伸過他那隻還能活動的右手過來撫摩了一下我的面頰，他那隻胖嘟嘟的手掌傳給我一陣暖呼呼的感覺，使我突然憶起，關在醫院時，他那雙溫暖的胖手，是我跟外面世界唯一的接觸。我再也忍不住，告訴了大偉和東尼，昨晚我曾去尋找過 Tea for Two，酒吧變成了面目全非的 End Up。

「那個垃圾堆！」大偉臉色一變恨恨的咒罵道。

東尼也跟著激動起來，右邊臉顫抖著，拼出了一句：

「豬——窩——」

大偉說他和東尼兩人原本是無論如何捨不得把 Tea for Two 賣掉的，但是到了後來，實在撐不下去了。

「你看，」大偉指向客廳那邊，「我那些傳家之寶都賣掉了！」

大偉搖搖頭，欷歔道：

「到了週末餐廳也只有兩三桌，酒吧過了十二點，還剩下一兩個醉鬼，我只好唱〈某個奇妙的晚上〉給自己聽。」

大偉聳聳肩苦笑了一下，隔了半晌，他長長的嘆了一口氣，追悼似的對我說道：

「羅，你知道嗎？你離開沒有多久，這場瘟疫便開始了，紐約的『歡樂世界』好像突然停電，變成一片漆黑，從此再也沒有見過光明——」

東尼在一旁發出了一連串聲調悲切的語音。

「胖爹爹說：統統死光了。」大偉轉述道，接著唸出了一連串 Tea for Two 常客的名單：華爾街的股票經理、公園大道名醫、N Y U的F. O.梅地笙教授，大偉好像在宣讀陣亡將士的名冊一般。

「我們的老朋友米開蘭基諾也不在了，」大偉轉向我道。

「他也走了？」我脫口叫道，那座巍峨的肉山大導演竟也倒了下去。

「可憐的仔仔，傷心得像甚麼似的，自己都病倒了，全靠這兩位天使在照顧他。」大偉指著珍珠和百合道。

東尼在旁邊又發出幾下悲音。

「都死了，東尼說，」大偉攤開兩隻手，「連金諾也走得這樣匆忙。」

「我聽說了，」我含糊應道。

「那位健美先生最後躺在床上只剩下幾根骨頭，像納粹集中營裡的餓殍。小費大概嚇傻了，守在金諾床頭話也講不出來，金諾斷了氣，小費才拉住東尼的手愣愣的問道：『胖爹爹，我怎麼辦呢？』」

大偉搖頭嘆道，金諾的後事也是東尼一手包辦的，金諾下葬那天，東尼回家就中了風。

「胖爹爹太累、太傷心了。」

大偉憐惜的握了握東尼那隻手指伸張不開的拳頭。

我覺得我在愛荷華的玉米田中躲藏了五年，回到紐約，好像Rip van Winkle下山，洞中方七日，世上已千年。發覺紐約整個變掉了，變成我完全不熟悉的陌生地，紐約的「歡樂世界」如同經過戰爭殺戮，變成屍橫遍野的一片廢墟。一時我們都沉默了下來，大家努力啃食盤中的火鷄。大偉把一隻火鷄腿的肉都切了下來，遞到東尼面前。酒過三巡後，珍珠把栗子蛋糕送了上來。大偉用調羹敲了幾下酒杯，引起我們注意。

「孩子們，今晚我和你們胖爹爹有件大事要告訴你們——」說著大偉伸手摟住了東尼的肩膀。

「過年以後，我和東尼將有遠行，」大偉鄭重宣布道。

「去哪裡？」我們齊聲問道，大家都好奇起來。

「上海，我們兩人的出生地。這將是我們兩人的尋根之旅，我和你們胖爹爹要去尋找我們生命的源頭去，是嗎，蜜糖？」

東尼歪著嘴直點頭，大偉湊過去在他的胖腮幫上啄了一下。

「孩子們，我和你們胖爹爹全世界甚麼好玩的地方都玩過了，連非洲肯亞的野生動物園我們也去過，跟獅子老虎混了好幾天——」

大偉略略頓了一下，他牽住東尼的右手，說道：

「那將是我們最後一站，去完上海，除了天堂，我們再也沒有別的地方可去了。」

壁爐裡搖曳的火光，反映在大偉和東尼的臉上，一張坑陷的瘦臉、一張變形的胖臉，兩人相視微笑著。

我們都舉起酒杯祝大偉和東尼旅途愉快。

「聖誕快樂！」大偉回敬道。

東尼也咿哩嗚嚕的拼出了一句：

「聖—誕—快—樂—」

我們一直望著大偉和東尼兩人互相扶持著，一步一步走上了樓梯，兩人轉過身來向我們揮揮手道了晚安，我們才離開。珍珠和百合本來要開車送我一程，我婉謝了。我叫一輛計程車，開到第五大道四十八街的交叉口，便停了下來。聖誕夜沒有風，天上寒星點點，只是乾冷。一條第五大道上，火樹銀花，兩旁百貨公司的橱窗都出奇制勝祭出各種精心設計的花燈來。路上行人早已絕跡，空蕩蕩的一條大道上，燈火通明，燦爛中卻有一股說不出的冷清。我步行過兩個街口，終於來到了峨然矗立在第五大道上的 St. Patrick 大教堂。

教堂裡早擠滿了人，聖誕夜的午夜彌撒已接近尾聲，人們都在跪著禮禱，唱詩班的孩子展開了他們上達天聽的天使童音，開始在歌唱〈平安夜〉了。我穿過人群，走到右邊聖母的蠟燭檯前，檯上已點燃幾百支人們祈福的蠟燭在耀耀發光，我點了一支插到檯上去，那支蠟燭是我點給安弟的。接著我又點了一支，給安弟的母親 Yvonne 葉吟秋女士，那年我和安弟曾答應陪她到 St. Patrick

來望午夜彌撒，可是終於未能成行。

回到紐約，重新開始，眞是千頭萬緒，天天得看《紐約時報》的分類廣告，找房子、找工作。一直忙到二月初，我搬進了九十九街百老匯的一間老公寓，是一位波蘭籍老人分租的一間房，所以便宜。高盛證券行一個臨時空缺，我也一把搶走了，至少暫時解決了食宿問題。其間我和珍珠通過一次電話，她說大偉和東尼已經從上海回來，不過旅途太累，需要休息，她約我過一陣子去探望他們。二月十二日的晚上，我正在擬稿寫我一生中最難下筆的一封信，向父母報平安，對他們告白，和盤托出我這幾年的遭遇經過。這封信我磨到半夜還只起了一個頭，突然珍珠打電話來，她的語調急切而嚴肅，只簡短的說：

「羅，請你馬上過來，到大爹爹、胖爹爹家，他們有要緊事要交代你。」

外面在下大雪，我穿上大衣開車往大偉和東尼家，因爲路滑，竟開了半個多鐘頭，珍珠和百合兩人開門迎我進去，珍珠接過我卸下的大衣，有點神祕的悄聲說道：

「大爹爹和胖爹爹在樓上，正在休息。」

她引我進客廳又加了一句：

「仔仔和小費也來了。」

客廳裡的壁爐正在熊熊的燃燒著木柴，洋溢著一股松香。客廳一張長沙發上一端坐著一個人，我走近時看清楚兩人的面目，大吃了一驚，要不是珍珠剛才提起，我絕對認不出那兩個人竟會是仔仔和小費。仔仔坐在右邊，他身上裹著一件厚厚的大衣，頭上齊額套著一頂絨線帽，縮在沙發一角，室內溫度很暖，仔仔似乎還在畏寒，他那張原來十分白淨清秀的面龐上，凸起一塊一塊紫黑色的瘤腫，那雙飛俏的桃花眼眼皮上竟長滿了肉芽，兩隻眼眶好像潰瘍了一般，仔仔的臉變成了一團可怖的爛肉。小費擠在沙發另一角，也裹得一身的衣服，他的頭髮全掉光了，原來一張棕色油亮的圓臉，削成了三角形，發暗發烏，本來溜溜轉的大眼睛，呆滯在那裡，不會動了。他們兩人看見我同時擠出一抹笑容，使得那兩張變了形的臉更加醜怪，小費的兩個酒渦，凹下去變成了兩個黑洞。我在他們對面那張沙發坐了下來，不由自主的將頭轉向一方，避免看到那兩張令人怵目驚心的怪臉。百合過來遞給我一杯熱茶，在我身旁坐了下來。等到我們坐定以後，珍珠卻端過一隻銀盤來，盤子裡擱著一封信，珍珠對我們宣告道：

「大爹爹和胖爹爹兩人服過藥，現在他們兩人已安睡了。大爹爹指定要我唸這封信，這封信是留給你們每個人的。」

說著珍珠便從盤子裡拾起那封信，打開來，慎重的唸道：

親愛的孩子們：珍珠、百合、仔仔、小費、還有羅

首先我要向你們報告我和你們胖爹爹這次到上海的尋根之旅。我對你們說過，我們是去尋找我們兩人生命開始的源頭。我們真的找到了！我們兩人出生的那家法國天主教醫院還在那裡，現在變成了一所公家醫院。醫院的主樓大概還是從前的，是一幢法國式圓頂的建築，雖然已經十分破舊，不過還看得出當年的氣派。我扶著東尼走進去，兩人就好像穿過時光隧道，進入了一座神話中的古堡一般。很難想像六十年前八月十六日的那一天，我和你們胖爹爹雙雙同時來到這個世上，誕生在這座古堡

式的法國醫院裡。我們去參觀了醫院裡的育嬰室，裡面睡滿了剛出世的娃娃，一個挨著一個，一共有好幾排。我對東尼說：「說不定我們一出世就睡在一起了呢，可能你就睡在我的旁邊，大概我那時已迷戀上你那張可愛的胖屁屁了！」

上海又擠、又髒，連中國飯還不如紐約的好吃，可是我們偏愛這個城市，因為這是我們兩人的出生地，我們對它有一份原始的感情。我終於找到我父親從前開的那家餐廳「卡夫卡斯」了，現在變成了一家擁擠骯髒的公共食堂。我父親告訴我從前那是一家十分高雅的西餐廳，侍者都穿著黃絲面馬甲的，許多流落在上海的白俄貴族常常去吃飯喝酒，喝醉就高歌起來痛哭流涕。我們俄國人是很容易動情的民族哩！

你們胖爹爹對上海的記憶比我更深了，他到了上海一直在奮亢的狀態中，我還擔心他過度興奮，身體吃不消，誰知他精神格外好，不肯休息。他找到了從前的老家，從前念的小學，他連去過的戲院都記得，一家一家趕著要去看。就是有一件事麻煩，他常常要上廁所。我的上帝，上海的公廁髒得驚人哪！我與胖爹爹兩人都給臭昏了，差點暈倒在廁所裡，不過，感謝上天，我們總算活著回到了紐約。

親愛的孩子們，雖然我們剛旅行回來，我和你們胖爹爹兩人又將再次遠行了。這次我們的去處不在這個地球上，這個地球我們早已跑遍，再也沒有甚麼地方可以去。大爹爹、胖爹爹要暫時向你們告別，我們兩人將要遠行到另外一個世界裡去了。這是我們兩人去上海之前已經計畫好了的，回來後立刻啟程。因為我們沒有太多的時間可以等待。我必須趁著我的身體還能撐得住的時候，帶著東尼一塊兒離開這裡。

親愛的孩子們，你們今天來送行，大爹爹和胖爹爹對你們有一個要求：你們絕對不許傷心，千萬記住，一滴眼淚也不可以流。大爹爹和胖爹爹準備一同跳著踢躂舞一直跳上天堂去。你們一哭，我們心裡難過，一打岔恐怕就上不了天堂了。相反的，你們來送行應為我們高興才對！你們瞧，我跟我親愛的東尼同一天來到人間，在這個「歡樂世界」裡共度過四十五個寒暑，今天我們兩人竟能結伴一同離去，這是多麼幸運的一件事啊！

三個月前，醫生檢查出來，我也「有了」，而且T細胞已經降到一百，醫生預測頂多三個月至半年內便會發病。我沒有預先告訴你們，就是要免去你們無謂的驚慌和擔憂。這幾年來，身邊的朋友們一個個一群群被這場瘟疫吞噬掉，就好像一個巨大無比的惡魔突如其來從天降臨到我們這個「歡樂世界」，我們像一群驚恐的羔羊，措手不及四面盲目奔逃，但最後還是一個個、一群群被那個巨魔追趕上吸進血盆大口裡。其實我心裡早已做好準備，這一天終將來臨。我唯一放不下心的是，萬一我先走了，誰來替你們胖爹爹洗澡哩？

你們都知道你們胖爹爹是有潔癖的，天天要洗澡，而且洗完澡，還要我替他抹上一身香噴噴的爽身粉。有一點，你們不知道吧？其實你們胖爹爹是個很害羞的人，除了我，他是絕對不容許別人看到他那張美麗的胖屁屁的。我親愛的東尼斬釘截鐵的對我說：

「不行！你不能把我一個人拋棄在這裡，要走我們一齊走！」

孩子們，我們不能等，我們不能等著那個巨魔來把我們吞噬掉。我和你們胖爹爹要先開溜了。就好像四十五年前那個夏夜一樣，那個晚上，我和我親愛的東尼兩人從帳篷裡溜出去，我牽著他那軟軟胖胖的手，兩人蹦著跳著穿過那一大片野杉林，奔向湖邊。我記得那晚有月光——你們胖爹爹卻說只有星星，不管怎樣，那一片湖水都照得閃閃發亮。那才是我和東尼兩人的Fairyland哩！

孩子們，這次我們又要到另外一個世界去了，我相信那一定是個「歡樂天國」。孩子們，我們「歡樂族」昇天後，在天國裡不都變成「歡樂魂」了嗎？那兒一定有許多先我們而去的老朋友，在那兒等待我們。說不定在「歡樂天國」裡，我和東尼把我們的Tea for Two重新開張起來，等著你們來大家一同喝酒、唱歌、跳舞。

親愛的仔仔，你一直是大爹爹、胖爹爹的心肝寶貝。你知道胖爹爹有多麼疼惜你，他看見你受苦心都碎了。仔仔，別害怕，我們走了，有珍珠和百合兩位天使照顧你的。我們在那邊等你，我相信你的好朋友米開蘭基諾一定也在那邊等候你，別忘了，你是他最心愛的 Cho-Cho san 哩！親愛的小費，金諾也一定在那邊等著你，恐怕已經等得不耐煩了。「歡樂天國」我猜一定也有健身房的，說不定比這裡的還要講究，你和金諾兩人又可以天天去練肌肉了。

羅，我們還能對你說甚麼呢？我們最親愛的安弟早已上了天國了。我們會告訴他，這幾年你藏身在愛荷華的玉米田裡幸運的躲過了這場浩劫，現在你安然無恙，要他放心。

最親愛的珍珠與百合，你們兩人的忠心耿耿，常常教大爹爹胖爹爹感動！這段艱難的日子如果沒有你們全心全力的支持，我和你們胖爹爹絕沒法存活下來。今晚的送別會請你們兩人主持，珍珠知道我們珍藏的香檳酒在甚麼地方，都拿出來讓大家享用吧。我特別叫「一番館」送了各式各樣的壽司、天婦羅，還有其他點心來。晚上你們守夜，一定會肚餓，盡情吃、盡情喝吧。我和東尼都要你們開開心心的把我們送走。

再會了，孩子們，我和我最親愛的終身伴侶東尼我們兩人要踢踢躂躂一同跳上「歡樂天國」去。

大偉與東尼

一九八六年二月十二日

珍珠唸這封長信時聲音一直控制得很好，唸到最後兩行才開始有點顫抖。我們都凝神屏息的聆聽著，聽完後，大家一陣肅靜，端坐著不敢有所舉動。

「先讓我上樓去看看他們，」珍珠悄聲說道。

珍珠到樓上不多時，走下來向我們莊重宣布道：

「大爹爹和胖爹爹已經走了，你們上去吧。」

我們幾個人由珍珠領頭排隊走上了樓梯，珍珠打開大偉和東尼的臥房，我們魚貫而入輕手輕腳走了進去。房中沒有開燈，圍著床卻點滿一圈白色的高蠟燭，房中牆下那扇扇鏡子，互相輝映，好像整間房都浮動著閃爍搖曳的燭火似的。我們走近那張帝王型的紅木床，看見大偉和東尼互相擁抱著睡在床上，兩人都穿上了一式大紅的綢睡衣，睡衣是新的，在燭光下發著紅灩灩的光澤。東尼圓滾滾的身軀依偎在大偉懷裡，他身後果然塞滿了大大小小金線面繡滿了花花葉葉的枕墊。兩人大概睡得嫌熱，把一張金面的鴨絨被也踢開了。東尼的頭枕在大偉胸上，他歪著嘴，好像在酣睡似的，口涎流了出來，把大偉胸前沁濕了一大塊。大偉伸著一隻長臂把東尼緊緊摟住。珍珠從浴室裡拿了一塊面巾一把梳子出來，她用面巾把東尼嘴邊的流涎及大偉額上的汗水揩拭乾淨，然後她替大偉和東尼把睡得凌亂的頭髮梳理好，梳成他們原來的樣子。珍珠向百合示意了一下，兩人一人掀起一角將那金色大被輕輕蓋到大偉和東尼的身上，只露出一對白髮燦然的頭顱，並排睡在一起。

我們回轉樓下，進到客廳裡，那張大理石的餐桌上早已擺滿了各式各樣的日本點心，有七、八種壽司。不知怎的，看到這滿桌的壽司，突然間我感到一陣腹中空空強烈的飢餓，抓起幾團壽司，便狼吞虎嚥起來。我發覺仔仔和小費也一樣，好像急不待等的在啃嚼那些天婦羅和海鮮串燒。我們一邊吃，一邊不停的追憶，搶著講大偉、東尼的趣事、糗事。很久沒有調皮的仔仔突然站起來脫去了大衣，翹起屁股摹倣東尼在Fairyland腳不沾地的走來走去，指手劃腳的喊道：

「珍珠——百合——」

仔仔大概忘了他那張臉因瘤腫而變了形，學起東尼來，愈更醜怪滑稽。珍珠和百合兩人剛剛端著香檳進來，看見仔仔學東尼學得維妙維肖，忍不住哈哈大笑起來。百合雙手各拎著一瓶香檳，珍珠手上捧著一隻水晶盤，上面擺著五隻酒杯，都是從前Fairyland那種鬱金香型的高腳香檳杯。珍珠小心翼翼的把五隻酒杯都斟滿了香檳酒。我們各拿一杯，同時舉起杯子向大偉、東尼我們的大爹爹、胖爹爹送行說再見。突然間，幾乎同時我們一齊唱起〈Tea for Two〉來。愈唱我們的聲音愈高昂，我看到珍珠的眼睛淚水開始湧現，百合的眼睛也在閃著淚光，仔仔爛掉的眼眶淚水已經盈到邊緣，小費那雙呆滯的圓眼一直在眨巴，我感到自己的眼眶也是熱辣辣的，可是我們一邊唱一邊卻拚命強忍住，不讓眼淚掉下來，生怕一掉淚，正在踢踢躂躂跳往「歡樂天國」的大偉和東尼會被我們拖累，跳不上去了。

原載二〇〇三年三月一——十九日聯合副刊

Silent Night

對面床上那個病人恐怕撐不了多久了。他露在白床單外面那雙手枯瘦得像一對烏黑的鳥爪，手指蜷曲成一團，不停的在顫抖。病人的神智似乎一直是清醒的，隔不了一會兒，他便沉重地呻吟幾聲，大概嗎啡的藥力逐漸消退，疼痛難以忍受，於是緊守在床邊的那個大男人便倏地從椅子上跳起來，伏下身去，握住病人那雙鳥爪似的瘦手，低聲喃喃叫道：

「寶貝，我在這裡呢——」

那個巨靈般的中年大男人，總有六呎二三，虎背熊腰，龐然的身軀，兩隻巨掌又肥又厚，手背黑毛茸茸，倒眞像一對熊掌。他那顆大頭顱，剃得青光發亮，湊到病人耳邊，喞喞噥噥吐出一連串安慰病人的溫柔話語來。病人那張臉早已脫了形，剩下皮包骨，像骷髏，眼睛坑下去只見兩個黑洞，可是偶然從黑洞裡，卻突然冒出兩行眼淚來。於是大男人便趕緊從繃得緊緊的牛仔褲口袋裡掏出一塊紅花布大手帕來，將病人的眼淚輕輕拭掉。

「哦，寶貝——」大男人充滿了憐愛的叫道。

大男人叫喬舅 Geogio，年輕病人叫阿猛 Ah Mong。喬舅是 Little Italy 一家披薩店的大廚師，阿猛是中國城「金麒麟」的跑堂，他是從越南逃難出來的「船民」，父母是廣西過去的僑民。喬舅比阿猛要大二十歲，可是兩人在一起也有七、八年了。這些，都是前天下午喬舅在休息室裡斷斷續續告訴余凡聽的。其實在三〇三病房裡，頭兩天余凡根本沒有正式跟喬舅打過招呼，有一兩次，他們兩人進出病房，擦肩而過，余凡感覺到那個大男人似乎嘴皮顫動要開口跟他說話了，余凡趕忙胡亂點個頭便匆匆閃掉。余凡不想跟喬舅有任何接觸，其實除了醫生護士，余凡在醫院裡儘量避免跟其他人打交道。他恨不得自己變成隱形人，進出醫院，沒有人看得見，因爲他得小心，處處留神，不讓任何人注意到他和保羅神父之間的特殊關係。他必須保護保羅神父，不讓人知道他眞正的身分。他送保羅神父住院時，替保羅神父填表，職業那一欄，他填下「保險業：大都會人壽保險」。那是余凡自己上班的公司，地址也寫下自己在東格林威治村第十街的住所。保羅神父一發病，余凡便連夜把他從第八大道那間宿舍公寓悄悄運到曼哈頓南端的聖汶生醫院來。在這裡大概不會有人認出他們來。醫院三樓是傳染病房，西側住的全是愛滋病患，閒人不會隨便闖進來。

保羅神父一送進醫院便開始進入昏迷狀態，這倒省了余凡許多周章。每天余凡到醫院來，只要坐在保羅神父的床邊，靜靜的陪著他就行了。保羅神父胖大的身軀仰臥在床上，睡得很安詳。余凡替他戴上一頂紅色的絨線帽保暖，襯得他那張圓圓的臉更加慈眉善目了，像個聖誕老公公。今年東岸的寒流來得早，十二月初就開始下雪了。醫院裡暖氣開得低，坐久了，余凡自己也感到背脊上涼颼颼的。幸虧保羅神父失去了知覺，臉上沒有疼痛的扭曲，反而有時候保羅神父太安靜了，余凡倒有點不安起來，他放下手上的報紙，站起身去，貼耳聽聽保羅神父的呼吸，聽到他從嘴裡發出來輕微的吐氣聲，他才放心坐下，繼續閱報。翻完厚厚一疊 *Village Voice*，一個早晨大概也就過去了。除了值班的護士來查視，兩只病床中間那道簾幕很少拉開。一簾相隔，把三〇三房中兩個病人的世界，分成兩半。

直到前天下午，余凡感到特別疲倦，坐在椅子上，一直想打盹。他離開病房，走到三樓休息室去，那兒供應免費咖啡，余凡想喝杯咖啡提提神。休息室裡余凡瞥見喬舅獨自一個人坐在那兒，雙手抱著頭，手肘撐在桌面上，似乎在沉思。余凡本想繞過喬舅身後，倒杯咖啡，便悄悄離開，不去打擾他。可是當余凡走近喬舅背後時，竟發覺原來那個巨靈男人在低聲啜泣，他那龐大的身軀高聳的雙肩正在上下微微的抽搐著，大概他在極力壓制自己，嗚嗚的哽咽聲卡在喉裡，發不出來。余凡站在那個大男人的身後，忍不住伸出手去，輕輕按在他的肩上。大男人抬起頭來，他那滿腮鬍渣寬闊的臉上，淚水縱橫，雙眼已經哭紅了。

「醫生說，就是這一兩天的事了，要我開始準備——」那個大男人抽泣的說道。

接著那個大男人便把余凡拉到身邊的椅子上，開始幾乎語無倫次的向余凡訴說起他跟他的「寶貝」阿猛的故事來。他的英語有著濃重的義大利口音，余凡只能聽懂七、八分。

阿猛全家人從越南搭船逃出來，半途遇到菲律賓海盜船，爸爸媽媽兩個哥哥全部殺光，只剩下阿猛一個人身上挨戳了十幾刀，居然沒死，存活下來。喬舅第一次見到阿猛，阿猛十七歲，瘦得像隻餓癟肚皮的癩毛狗，眨巴著兩隻大眼睛，好像隨時會掉下淚水來似的。阿猛在中國城街頭替人擦皮鞋，是喬舅，是他把阿猛帶回家的。天天晚上他偷偷運走一盒他親手做的披薩回去給阿猛吃，臘腸、肉丸、火腿，都是雙倍加料的呢，熱呼呼的披薩吃得阿猛滿嘴的油，就這樣，他的「寶貝」才被他餵得長滿了一身的肉。

「阿猛是個好孩子，他是我的寶貝，我的命根子——」那個大男人深情的叫道，「阿猛可憐呵，那個孩子經常作噩夢，半夜裡嚇得尖叫，他總夢到那些海盜在追殺他。我想他是因害怕才去打毒的，他跟那些『越青幫』混在一起，他是害怕，在逃避呢！」

大男人喬舅一邊說一邊用他毛茸茸的手背抹去淌下來的鼻涕，余凡趕快起身去把咖啡壺旁邊的一疊衛生紙拿過來遞給喬舅。

「啊，謝謝。」

大男人喬舅感激的說道，拿起紙巾狠狠的擤了一把鼻涕。他還要繼續講他跟他的「寶貝」阿猛的故事，卻進來兩個護士，把他的話打斷了。

阿猛到底未能撐過夜，第二天早晨，余凡回到醫院，走進三〇三，看見阿猛那鋪床已經空掉，連床單也換了新的。那個大男人喬舅沒有再回來過。沒多久，三〇三又住進了一個新病人，是個面上長滿了毒瘤的拉丁裔，一張臉好像一毬紫色的椰菜花。

保羅神父在醫院裡昏迷中拖過了十二天，本來醫生判斷最多只有一個星期，因此余凡有相當充裕的時間替保羅神父準備後事。他在離醫院不遠的第十八街上找到一家叫「洛克之家」的殯儀館，並且還替保羅神父挑好骨灰匣，是古銅打製成的一冊厚書形狀的匣子。余凡告訴殯儀館的主事，火葬前不舉行告別式，只有他一人在殯儀館小教堂裡守靈片刻。

火葬那天，余凡在「洛克之家」的小教堂裡伴著保羅神父的遺體守了一個下午。他跪在保羅神父的棺柩前，默默誦經，他手上握著一串念珠，念誦一遍便數一粒，一串一百六十五粒念珠數完，冬日的太陽已經偏斜了，從小教堂的天窗冉冉透射進來。那串長長的念珠，是保羅神父的遺物，年代久了，琥珀色的珠子磨出溫潤的光澤來。保羅神父那晚發病，余凡匆匆把他運送到醫院，別的都沒來得及拿，卻把這串念珠給帶了出來。余凡誦完經，把那串念珠仍舊掛到保羅神父的胸前。保羅神父躺在棺柩裡，化妝過了，頭上幾綹銀絲也梳得妥妥貼貼，閉著眼睛，好像在沉沉酣睡似的。

蓋棺前，余凡把自己脖子上戴著那條十字項鍊卸了下來，擎著那枚赤銅十字貼到保羅神父唇上親了一下，才把棺柩蓋上。那條十字項鍊是保羅神父送給他的。他戴了十年，一天也沒離開過，那條十字項鍊已經變成了余凡的護身符，戴上那條十字項鍊，余凡才感到安全，好像眞的有神靈在佑護著他似的。

十年前，余凡才十六歲，在曼哈頓的街頭已經流浪一年多了，什麼事都經歷過：偷竊、販毒、賣淫，他常常餓著肚皮去撿垃圾箱的殘食來果腹。一個風雪交加的夜裡，正是個聖誕節的前夕，余凡終於支撐不住，他發了四十度的高燒，暈倒在中央公園外邊近六十六街的雪地上。是保羅神父把他救走的，將他安置在「聖方濟收容院」裡。這所收容院是保羅神父創辦的，在四十二街鄰近第八大道，時報廣場紅燈區的邊緣上，專門收容離家出走的青少年，所以又叫「四十二街收容院」。那本是一座廢倉庫改建的，就在聖方濟教堂旁邊。

據說也是在一個大風雪的聖誕夜裡，保羅神父主持完午夜彌撒，正要關上教堂時，他突然發現教堂一角還有一群孩子躲在那裡，沒有離去。那群孩子一共四個，都是十五、六歲的男孩，身上穿著破爛的單衣，一個個凍得面色發青，直打哆嗦。兩個白孩子，一個黑孩子，一個拉丁裔，全都是逃離家庭的小流浪漢，在那個天寒地凍的聖誕夜，無處可去，溜進教堂來取暖。保羅神父把他們留了下來，他認爲那是上帝把這群孩子，在那大風雪的夜裡，送來交到他手上，要他照顧的。從那次起，保羅神父便發下願創辦這所「四十二街收容院」了。這些年來，收容院接納了一批又一批從各處流浪過來，身體心靈都印著傷痕累累的青少男孩。尤其每年到了聖誕夜，午夜彌撒過後，保羅神父便領著一兩位教會志工助手，開了一輛旅行車，在曼哈頓的街頭巷尾巡邏一遍。每次總會遇見幾個深夜裡走投無路的青少年，在絕境中等待保羅神父伸出他援助的手。那晚余凡如果沒有遇見保羅神父，他一定會僵斃在大雪夜裡，是保羅神父救了他一命。

余凡昏睡了足足兩個晝夜才醒過來，他看見保羅神父坐在床沿上，滿臉笑容溫煦，注視著他。保羅神父穿了一襲黑袍子，白領圈漿得筆挺，他胸前懸著一掛琥珀色的念珠，頸上戴著那串赤銅十字項鍊。他的身型胖胖的，皮膚紅潤光滑，花白的頭髮一大片覆過他的額頭，使他看起來有一份老年的稚氣。他有著一副慈祥的面容，一雙極溫柔的大眼睛，余凡覺得保羅神父周身都在透著幽幽的一股暖意。

「你的燒退了。」保羅神父說道，他伸手去試了試余凡的額頭，他的手掌又厚又軟，「你睡了這麼久，一定餓壞了。」保羅神父把余凡扶著坐起來，遞給他一只保暖杯，裡面盛著熱牛奶，保羅神父看見余凡一口氣差不多把一杯牛奶咕嘟咕嘟喝盡，笑著撫摸了一下他的頭說道：「慢慢喝。」說著他轉身出去提了一桶溫水，挾著一只藥箱回來，肩上搭了一條毛巾。

「你的腳腫得不像話，再不擦藥，要爛掉了！」

保羅神父教余凡把雙足泡到溫水裡，余凡兩隻腳長滿了凍瘡，腫得紅通通的，有一兩處已經出現裂口了。余凡泡了一會兒腳，保羅神父又蹲下身去，用毛巾替余凡把雙足揩乾，從藥箱裡掏出一管消炎膏把藥膏擠到余凡紅得發紫的腳背上，用一枝棉花棒慢慢塗勻，然後才用紗布包紮起來。「我當過看護的呢！」保羅神父仰頭朝余凡笑道，他那一雙胖手十分靈巧，兩下便包紮妥當了。

「好了，小夥子，你可以下床走路了。」保羅神父胖大的身子努力的撐了起來，喘了一口氣，拍拍余凡的肩膀笑道。

「Father——」

余凡囁嚅叫道，他想對保羅神父說聲謝謝，可是卻哽住了，說不出來，他仰望著保羅神父，嘴唇一直在發抖。保羅神父默默的凝視著他，半晌，他突然從自己頸上卸下那束赤銅十字項鍊，戴到余凡的脖子上。

「上帝保佑你，」保羅神父低聲說道：「教堂那邊，孩子們還在等著我呢，我要過去給他們望彌撒了。」

保羅神父離開那間倉庫宿舍時，回頭向余凡招了招手笑道：

「Merry Christmas!」

余凡活了十六歲，從來沒有人會這樣溫柔的對待過他。余凡是個私生子，跟著母親在曼哈頓中國城長大的。他母親是香港人，偷渡入境美國的，躲在中國城的餐館裡，打了一輩子的工。余凡從母姓，他從不知道自己的父親是什麼人，問起他母親的時候，他母親就會白他一眼。恨恨的說道：「死了！早就死了！」他母親跟過一連串的男人：跑堂的、送貨的、打雜的。有時男人養她，有時她養男人。她還跟過一個白人警察，每個男人在余凡身上都留下過一道傷痕。他頭頂有一道縫過十幾針的疤，是那個壯漢警察喝醉酒一根警棍把余凡的頭打開了花，而且還把他轟掉，那年余凡十三歲。後來他母親總算嫁了一個「順利園」的大廚，香港來的大師傅手藝高，但也是一個火爆脾氣的兇神惡煞，一個潮洲佬。余凡跟著母親蹲在廚房剝蝦殼，大師傅使喚，余凡應聲慢一點，一個巴掌便掀過來了。有時打急了余凡還手，大師傅便會舉起一把明晃晃的菜刀將余凡從廚房後面追殺到大街上去。余凡十五歲，母親病亡，他便乘機逃離那個惡煞廚師，開始到街上流浪。

余凡從小就對 Father 這個字特別敏感，平常無論在什麼地方，看到或者聽到這個字，他都感到特別刺心。先前他脫口叫了保羅神父一聲：Father——自己也吃了一驚，這是他生平第一次大聲念出這個字來。自從那一刻起，他對保羅神父便產生了一種莫名的依戀。他在「四十二街收容院」裡待了兩個多月，在那段日子裡，每天進進出出他都緊跟著保羅神父，一步都不願意離開。收容院裡同時收容了二十個青少年，那間倉庫房子勉強容得下十張上下鋪的鐵床。保羅神父領著幾個志工從早到晚都在忙著照顧那一群離家的小流浪漢，替他們解決問題，安排出路。余凡跟著保羅神父替他打雜，保羅神父支使他做這樣做那樣，余凡滿心喜歡，做得起勁，他願意替保羅神父賣命，做他的小跟班。晚上保羅神父帶領他們在隔壁教堂裡做晚課，大家跟著保羅神父誦經，保羅神父念一句，余凡也跟著他念一句。余凡不信教，也沒有進過教堂。中國城浸信會的牧師娘星期天來拉他母親上教堂，他第一個藉故開溜。是保羅神父那溫柔吟唱般的誦經聲音，感動了他的心靈，讓他有一種皈依的衝動。對余凡來說，四十二街那間簡陋的倉庫收容院，是他第一個眞正的家，是他精神依託的所在。後來保羅神父把余凡送到了聖約瑟書院去念書，而且還替他申請了三年的獎學金。可是每逢星期天余凡一大早就會老遠從布魯克林坐一個鐘頭地鐵回到曼哈頓「四十二街收容院」來，趕上保羅神父周日八點鐘的彌撒，然後領聖體，向保羅神父告解。回到那間倉庫收容院，余凡才有回家的感覺。

余凡畢業後出來做事，在大都會保險公司找到一份助理工作，他便正式加入了保羅神父手下的志工團，團裡有八十高齡的家庭醫生，老太太心理諮詢師，一對退休的男護士，還有煮大鍋飯的大廚師，形形色色的人物都有，也有像余凡這樣受過收容院栽培又回來當志工的——都是受了保羅神父的感召，來收容院幫忙照顧那些進進出出的年輕流浪漢。那一批又一批十幾歲逃離家庭的少男，有的淪落爲妓，在時報廣場邊緣第八大道的紅燈區徘徊徬徨，直到他們被皮條客毆打成傷，性命受到威脅，才逃到收容院來。有的吸毒，被警察抓走，出獄後無處可去，轉送到收容院，投靠保羅神父。「四十二街收容院」變成紅燈區的庇護所。那群漂鳥般的青少年，來來去去，有的出去了又轉回頭，因爲毒癮又發了，有的回到時報紅燈區，繼續賣他們的肉身，直到染上了愛滋病，踉踉蹌蹌回來，向保羅神父求救。看護這批患了愛滋的孩子，保羅神父費了最大的力量和心血，有幾個他照顧他們，抱上抱下，直到最後，替他們送終安葬。

年復一年，「四十二街收容院」漸漸出了名，*Village Voice* 登出保羅神父跟他那一群小流浪漢的照片，稱他為「紅燈區的救世主」。來投靠「四十二街收容院」的青少年愈來愈多，保羅神父肩上的擔子愈來愈重，往往他寫信要寫到天亮，寫給那些捐款人，告訴他們每一個無家可歸小流浪漢的故事，保羅神父那些信感動了所有的捐款人，許多都成為了長期的贊助者，有兩個連身後的遺產都捐給了「四十二街收容院」。可是余凡看著保羅神父逐年衰老下去，他那胖胖的身軀，行走起來，腳步愈來愈沉重。直到他發病的前兩個星期，一個初冬的黃昏，天氣已經蕭瑟，有了寒意，余凡到四十二街收容院去，在教堂裡，尋到保羅神父，他看見保羅神父一個人，跪在聖壇前面，在默默祈禱。余凡坐在最後一排椅子上，悄悄等候著。焦黃的夕陽從左邊的玻璃窗斜射進來，有一束暈淡的陽光落在保羅神父的黑袍上，好像蒙了一層塵埃似的，使他那匍伏的身影顯得分外孤獨。余凡等候保羅神父祈禱完畢，才迎上前去，擁抱了他一下。

「Father——」

余凡輕輕叫了一聲，保羅神父看到他依然展開他那慣有溫煦的笑容，可是不知怎的，他從保羅神父那雙溫柔的大眼睛中感到一股深沉而巨大的哀傷，那是他這麼些年來，從來未有觸及到的。保羅神父一臉倦容，神情憔悴，好像一下子蒼老了許多。他引著余凡蹣跚地往外走去，走到一半，他突然回過頭來對余凡說：

「阿凡，我們坐下來，我想跟你談談。」

保羅神父打量了余凡一下，輕輕拍拍他的手背。

「我很爲你高興，阿凡，你走到今天很不容易，」保羅神父望著余凡點頭說道，接著他長嘆了一口氣，「我希望我那些孩子個個都像你這樣就好了，可是他們好些又跑回到街上去了，我想到那些孩子們一個個在寒夜裡抖瑟瑟的立在街頭，我就難過，好像是我把他們遺棄掉了似的——」

保羅神父自責道，余凡趕忙安慰他：

「可是你也救回不少孩子啊！」

保羅神父搖搖頭說道：

「那是靠上帝的力量。」

「我想那是上帝要你這樣做的，」余凡堅持道。

「可是我沒有做好——」保羅神父沉痛的說道，「我辜負祂所託了！」余凡看到保羅神父的眼眶竟溢出淚水來了。

「Father——」余凡喃喃叫道。

「我常常禱告，求主引導我，讓我不要迷途，可是有時候，我竟找不著方向，好像沉埋在深深的黑夜裡，完全迷失掉了——」

保羅神父吁了一口氣，沉默片刻，然後幾乎自言自語的顫聲說道：

「也許我太愛他們了，我那些孩子們。」

余凡辦理完保羅神父的後事，他把那座古銅骨灰匣捧回他第十街地下室公寓去，擱在壁爐上端的架子上。他吞了兩粒鎮靜劑，蒙頭大睡了一天一夜，第二天一早便趕回去大都會銷假上班。他的頂頭上司涂瑪麗是從香港來的一位胖太太，因爲余凡也會說廣東話，平常涂瑪麗很照顧他，但這天一看見他進辦公室便把一大疊文件摔在他桌上，指著他警告道：

「你今天再不來，我就要炒你的魷魚了！今天最後一天，明天就放聖誕假啦！」

余凡請了一個星期的病假，又延了五天，聖誕節到了，累積了一大堆申請表格，等著余凡去處理。這家大都會在百老匯大道上，離中國城不遠，顧客有不少亞洲人，香港、臺灣、中國大陸來的移民，越南、柬埔寨的難民，所以公司也聘用了大批亞裔職員。坐在余凡左右手桌子，是兩個從新加坡、馬來西亞來的女職員Vicky和Kitty，三十多歲的單身女，都比余凡大，因爲見他害羞，喜歡捉弄他。余凡一坐下來，兩人便左右開弓審問他起來：這幾天失踪躲到哪裡去了？幹了什麼勾當？余凡左閃右閃，支吾以對。Vicky 和 Kitty 追問了一陣，不得要領，有點不耐煩起來。

「阿凡一定跟人私奔去了！」Vicky 嘿嘿笑道。

「我曉得了！」Kitty 應聲叫道，「阿凡跟 Amanda 幽會偷情去了！」

說完，Kitty和Vicky同時笑得前俯後仰。Amanda是個從巴西來的大肉彈，她自稱只要她手指勾一下，公司裡的男職員都會向她飛撲過去。她看見余凡就要摟住他親嘴，只有余凡會躲她，她發誓總有一天她要把余凡弄到床上去。那個星期恰巧 Amanda 也休假，Kitty 故意把她和余凡扯在一起。余凡漲紅了臉，不理會兩個女同事的促狹，埋著頭在處理堆滿了一桌子的文件。辦公室裡醞釀著一股放假前的焦躁，同事們紛紛提前下班。Vicky 和 Kitty 同時急急忙忙穿上大衣，一齊尖叫著 Merry Christmas 呼嘯離去。胖太太涂瑪麗守到五點才走，她看見余凡還在埋頭苦幹，便走過來拍拍他的肩笑道：

「趕不完，算了。阿凡，回家過聖誕吧。」

「不要緊，」余凡微笑應道，「我弄完這一疊再走。」

余凡一直工作到九點多，辦公室只剩下他一個人了。他穿上那件帶著兜帽海軍藍的粗呢大褸，圍上了一條絳紅的圍巾。外面一陣陣又在飄雪了，百老滙上的商店飯館都已經打烊，櫥窗的聖誕燈飾還在亮著，在雪花飄搖中恍惚閃爍。迎面一陣寒風吹來，像刀劈一般，余凡趕忙兜上帽子，雙手揷進口袋，匆匆往 Little Italy 走去，他整天沒吃東西，餓得頭有點發暈。Little Italy 有幾家披薩店還開著，余凡買兩塊什錦披薩，站在店面口便狼吞虎嚥起來。吃完披薩，余凡看看錶，十點鐘。他望著滿街的風雪，一時茫茫然，不知何去何從。往年聖誕夜，余凡一定會回到「四十二街收容院」，跟院裡的青少年一同參加保羅神父主持的午夜彌撒。有幾次，望完午夜彌撒，保羅神父帶著他開了教堂那部舊旅行車，在曼哈頓的大街小巷巡邏一番，帶回幾個在寒夜裡，徬徨街頭的流浪孩子，在平安夜裡，給他們一所暫棲的歸宿，就如同余凡自己在那個風雪夜裡，被保羅神父救回來一般。保羅神父走了，余凡無法再回去「四十二街收容院」。在這個聖誕夜裡，余凡突然覺得無家可歸起來。

街上已經沒有什麼行人了，只有格林威治村那一帶的酒吧間，還有一些鑽進鑽出的人影。余凡走到第八街，進到Rendezvous裡，這是一家多種族的歡樂吧，亞裔的歡樂族占了不少成分。這家歡樂吧離余凡上班的地方並不遠，下了班，余凡一個人偶然會逛到這裡來買醉。平時周末，這家酒吧擠得人貼人。但聖誕夜，人們多半回家過節或去參加派對了，酒吧空蕩蕩的，只有吧台上坐了一排客人，有幾個年輕的，像是東南亞人，大概是從越南泰國來的，中間坐了一個五十多歲的胖大白人，頭上罩著一個金光閃閃的高紙帽，正在跟那幾個亞裔年輕男人打情罵俏。余凡走到吧台邊，向調酒師點了一杯雙料馬丁尼，便蹭到酒吧一角去，那裡燒著一盆熊熊的大火爐。在風雪中彳亍了幾條街，一身都凍僵了。余凡坐在火爐邊，啜著馬丁尼，一邊取暖，酒吧的音樂箱一直在重複播放平克羅斯貝的〈銀色聖誕〉。一個面上貼著幾顆金星的拉丁族小跑堂跑過來向余凡獻殷勤，余凡又點了一杯雙料馬丁尼，而且還重重賞了拾元小費，小跑堂樂得露出了一口白牙來，說道：

「你眞甜，先生，上帝保佑你！」

兩杯雙料馬丁尼下肚，酒精開始在余凡體內慢慢散開，爐內的火焰飆起兩三尺高，余凡的額頭有點沁汗了，他把粗呢大圍巾都卸掉，對著跳躍的爐火出起神來。余凡感到身後裡突然有一隻大手掌壓在他的肩上。

「喬舅！」余凡抬頭驚叫道。

那個巨靈般的大男人矗立在余凡身後，滿臉微笑望著余凡，他一身裹著厚重的衣服，頭上卻戴了一頂聖誕老人的紅帽子，帽子尖頂一團絨球甩來甩去。余凡拉著喬舅坐下來，然後招呼那個小跑堂的過來，他問喬舅道：

「你要喝什麼？我請你，我在喝馬丁尼。」

「那我也要杯馬丁尼吧，」喬舅有點受寵若驚。

余凡向小跑堂的點了兩杯馬丁尼。

「用雙料的，」他又加了一句。

小跑堂的端了兩杯馬丁尼來，余凡又加給他拾塊錢小費，那個拉丁小夥子樂得咧開嘴連聲道謝。

「Merry Christmas!」余凡舉杯敬喬舅。

「Merry Christmas!」喬舅舉杯應道。

「眞沒想到今天晚上能在這裡遇到你！」余凡興奮的說道。

「其實我們常到這裡來的，」喬舅說道，「我是說從前我和阿猛兩個人。」喬舅那張寬闊的臉上露出了一抹哀戚。

「喬舅，在這個聖誕夜，我又遇到你，我相信一定是上帝的安排。」

余凡認眞的說，他見到這個巨靈般的大男人，頓時好像遇到親人一般。雖然他和喬舅在醫院裡只相處過幾天，可是他們在三〇三病房的生死場裡共同經過一場浩劫，一齊共過患難，有一種特殊的關聯。余凡害羞，沉默寡言，小時候他母親那些男人對他粗暴，他便把嘴緊閉起來，一聲也不吭，沉默對抗。一直到他遇到保羅神父，他才找到一個可以吐露心事的人，他常常去找保羅神父告解，把他從小到大的委曲隱痛都向保羅神父傾訴。保羅神父走了，余凡感到好像一下子喉嚨瘖啞掉了，發不出聲，許多話埋在心裡，胸口上好像壓了一塊鐵板一般沉重。他看到喬舅，突然間他有一種向這個大男人「告解」的衝動，把隱藏在心裡的話都抖出來。喬舅是唯一一個看到他和保羅神父最後在一起的人。

酒過三巡，雙料馬丁尼開始發威了，余凡的口齒都有些不清起來，他把他和保羅神父的故事原原本本告訴喬舅聽，從十年前那個下著大雪的聖誕夜講起。

「喬舅——」講到激動處余凡伸出手去緊執住喬舅的巨掌，「那晚我去找保羅神父，第二天我就要離開收容院，到布魯克林聖約瑟書院去念書去了。我走到他公寓的房間，要去跟他道別，感謝他救我一命。我見到他時，只叫出一聲『Father——』便撲倒在地上抱住他的雙腿號啕痛哭起來。你相信嗎？喬舅，那是我十六歲第一次哭出聲音哭出眼淚來。我母親那個警察男人把我的頭打開了花，我也沒有掉過一滴淚水。保羅神父把我抱起來，我拚命往他懷裡鑽，我蜷臥在他胸懷裡，躺了一夜，我感覺到他身體的溫暖——那是人間的溫暖。那是我一生中感到最幸福的一刻，我真的覺得好像得到了上帝的福佑——」

余凡把手中剩下半杯的馬丁尼一飲而盡，深深的吁了一口氣。喬舅又叫了一輪酒，兩人舉杯飲了一大口。

「喬舅，」余凡醉眼惺忪，向喬舅壓低聲音說道：「我得保護保羅神父，對嗎，喬舅？我不能讓他受到傷害，我在布魯克林很遠很遠的地方一個黑人區的天主教墓園，我打算將保羅神父的骨灰護送到那裡下葬，他在那裡安息會很安全。」

「喬舅，」余凡有點哽住了，「他把他的生命都給了他那些孩子——他太愛他的孩子們了。可是教堂裡那些人不會懂他的，我得保護他，對嗎？我每天晚上在替保羅神父祈禱，我想上帝會原諒他的——」

余凡說著身子傾斜過來，頭跌靠在喬舅寬厚的肩膀上。

「上帝會原諒他的，對嗎？」余凡醉語喃喃的說道，跳躍的爐火映得他一臉鮮紅，額上冒出汗珠來。

喬舅似懂非懂的點著頭，他摟住余凡的肩，在他耳邊溫柔的說道：

「我們回家去吧，酒吧要關門了。」

那個拉丁裔的小跑堂剛剛宣布最後一輪，酒吧裡只剩下余凡和喬舅兩個人。喬舅一把將余凡舉立起來，替他穿上大衣，圍好圍巾，把他一隻手臂環繞在自己脖子上，趔趔趄趄，兩人互相扶持著走出了Rendezvous。外面落雪暫停了下來，格林威治村的街道上都鋪滿了一層兩三吋厚的白雪。喬舅攙扶著余凡，在鬆鬆的雪地上，一步一腳印的蹭蹬往前。他那輛破舊的雪弗蘭小貨車停在第八街和第五大道的轉角處，當他們走近停車處時，從華盛頓廣場那邊迎來一隊報佳音的少年唱詩班，有十幾位少男，各種族裔都有，戴著紅的、白的、綠的絨線帽，罩著白袍子，由一位教士領隊，在那一片潔白的廣場上，一齊反覆在誦唱著〈Silent Night〉：

Silent Night, Holy Night,
All is calm, All is bright——

孩子們天使般純真的聲音，在那冷冽的夜空裡，像一陣雪花，飄灑在格林威治村的大街小巷上。喬舅扶著余凡在車邊佇立了片刻，等了那隊唱詩班的孩子走遠了，才打開車門將余凡扶上車，替他繫好安全帶，自己上車發動引擎。

喬舅住在 Little Italy 附近一間四層樓的舊公寓裡，公寓沒有電梯。余凡早已醉得昏睡不醒，他把余凡背到背上，從一樓一級一級爬到四樓。進去公寓後，喬舅把余凡臥放在一張長沙發上，拿了一只坐墊擱在余凡頭下。喬舅這間簡陋的舊公寓是用水汀取暖的，大雪夜屋內還是寒氣逼人。喬舅走到廚房裡捧出一捆木柴，一疊舊紙，到客廳壁爐，將木柴架好，點燃報紙，將爐火升起。正當喬舅蹲著他那碩大的身子在忙著搧火的時候，他突然聽見哇的一聲，余凡大吐起來。喬舅趕過去，他看見余凡吐得一身，沙發上、地毯上也濺滿了酒吐。余凡不停的作嘔，好像肝腸都要吐出來了似的，酒吐的惡臭薰滿一屋子。喬舅也不避髒，他把余凡抱到浴室內，將他的髒衣服卸掉，用一塊濕毛巾把余凡臉上頸上的酒汗都揩拭乾淨。然後那個巨靈般的大男人，一雙巨掌捧著余凡瘦弱的身體，小心翼翼的抱進臥房裡去。他從櫃子裡拿出一件阿猛從前常穿的睡袍來，幫余凡穿上，然後把他安放到床上，替他蓋好被窩。余凡醉得厲害，神智一直在昏迷中，一上床便睡了過去。

喬舅趦返客廳，壁爐的柴火冒起來了，屋子裡開始暖意融融起來。他去打了一桶水，找了抹布和清潔劑把沙發和地毯上的穢物著力清洗乾淨。然後自己也換上睡衣，盥洗了一番，把半夜冒出來的鬍鬚渣也剃刮乾淨，才回房間去。他在余凡身邊躺了下來，按熄了燈。在黑暗中，他聽得到余凡酒後濃重的呼吸聲，他也感覺到余凡在被窩裡睡暖了的身體。這些日子，阿猛走了以後，每天晚上，上床一刻，是喬舅最難過的時候。這張特大號的古舊木床，是喬舅和阿猛在 Soho 一家賣舊家具店裡看中買回來的。阿猛不在了，喬舅一個人睡在這張空空的大床上，總覺得太過孤單，有幾夜翻來覆去都難以成眠。沒想到，在這個平安夜裡，竟有一個年輕男人，躺在他身邊，伴著他。喬舅心裡漸漸安靜下來。朦朧間，他習慣的伸出手臂，輕輕摟住了余凡的身子。

原載二〇一五年十二月二十四—二十五日聯合副刊

後記

一九六三年二月我初到美國第一個落腳的大城便是紐約，因爲幾位哥哥姐姐都住在紐約附近。六三、六四年的夏天，我在紐約渡過兩個暑假。我一個人在曼哈頓的六十九街上租了一間公寓，除了到哥倫比亞大學去上暑期班外，也在雙日出版公司Double Day做點校對工作，校對《醒世姻緣》的英譯稿，其餘的時間，便在曼哈頓上四處遊蕩，踏遍大街小巷，第五大道從頭走到尾。紐約曼哈頓像棋盤似的街道，最有意思的是，每條街道個性分明，文化各殊，跨一條街，有時連居民的人種也變掉了，倏地由白轉黑，由黃轉棕。紐約是一個道道地地的移民大都會，全世界各色人等都匯集於此，羼雜在這個人種大熔爐內，很容易便消失了自我，因爲紐約是一個無限大、無限深，是一個太上無情的大千世界，個人的悲歡離合，飄浮其中，如滄海一粟，翻轉便被淹沒了。

六三、六四那兩年夏天，我心中收集了許多幅紐約風情畫，這些畫片又慢慢轉成了一系列的「紐約故事」，開頭的幾篇如〈上摩天樓去〉等並沒有一個中心主題，直到六五年的一個春天，我在愛荷華河畔公園裡一張桌子上，開始撰寫〈謫仙記〉，其時春意乍暖，愛荷華河中的冰塊消融，澌澌而下，枝頭芽葉初露新綠，萬物欣欣復甦之際，而我寫的卻是一則女主角從紐約飄流到威尼斯投水自盡的悲愴故事。當時我把這篇小說定爲《紐約客》系列的首篇，並引了陳子昂〈登幽州台歌〉作爲題跋，大概我覺得李彤最後的孤絕之感，有「天地之悠悠」那樣深遠吧。接著又寫〈謫仙怨〉，其實同時我也在進行《臺北人》系列，把時間及注意力都轉到那個集子去了，於是《紐約客》一拖便是數十年，中間偶爾冒出一兩篇，可是悠悠忽忽已跨過了一個世紀，「紐約」在我心中漸漸退隱成一個遙遠的「魔都」，城門大敞，還在無條件接納一些絡繹不絕的飄蕩靈魂。

我的出版人爲等待出版這個集子恐怕頭髮都快等白了，目下只有六篇，也只好先行結集。

二〇〇七年七月五日

附錄一

對時代及文化的控訴

——論白先勇新作〈骨灰〉

胡菊人

白先勇囑我爲他的《自選集續篇》寫序，自是義不容辭。這部集子裏的作品，大多數是在其他選本裏出現過的，評論的人已經不少。唯獨〈骨灰〉一篇，是他最新的作品，首刊於一九八六年十二月號《聯合文學》，而〈骨灰〉可以論說的地方實在很多。戴天已在《信報》上，點中了它的主題（見代跋），但因爲這是千字左右的專欄文章，未能暢所欲言，盡數發揮，給我留下了寬鬆的說話餘地。

〈骨灰〉這篇小說，橫跨的時空很大，將近五十年，涉及大陸、台灣與美國；從抗戰時代，內戰時代到分裂時代。可說是極之簡潔的中華民族現代史的寫照。這本來是長篇小說的題材，以這麼簡短的篇幅來籠罩之，可謂野心極大，但白先勇畢竟技巧非凡，像水墨大師一樣寥寥幾筆，即把中華民族近半世紀的悲劇，畫龍點睛表現了出來，使我們感受到深重的歷史嘆息。

這是白先勇所有表現中華時代的短篇小說中，跨度最大的小說。除了表現人性悲劇的小說不算外，白先勇寫中國時代悲劇的作品，四九年以後從大陸撤退到台灣的各類人物的盛衰興替，從台灣流離到美國的中國人的悲劇，美國華裔兩代人之間的文化斷層等等，都沒有這篇〈骨灰〉包容的時地那麼廣大。這個長篇題材之短篇製作，要有一種縮龍成寸的本領。而白先勇是怎樣以短製御長篇的呢？

白先勇曾經說過，作小說首先要選取人物，因爲人物就有故事，就有歷史背景，就有時代性和代表性。人物選對了，就是成功的一半。另一半應該是選取敘事觀點，敘事觀點選對了，就又有另一半的成功機會。當然，這不是說文字不重要，對話不重要，情節推展（小說的節奏）不重要，象徵、暗喻不重要，場景不重要……這些都是重要的，但若人物和敘事觀點選得不對，這些其他因素的成功都祇是片面的成功，但若人物和敘事觀點選對了，同時又有這些重要的技巧來配合，就可能達到全面的成功。

而〈骨灰〉就像白先勇其他小說一樣，達到全面的成功。

這個小說的故事背景是講中國，而且小說的「點題」是要到上海安供父親的骨灰。爲什麼場景卻定在美國呢？這是選取人物使然。這兩個主要人物，一個自大陸經台灣到美國，一個從大陸到美國，在大陸早年都風華正茂，豪氣干雲，但當年都爲了「愛國」卻彼此成了「敵人」，如今在異鄉落得窮愁潦倒，有「同悲失路之嘆」，有「相濡以沫之悲」，而都背著中國近數十年的災難在身上，而又都與叙事者有親戚關係，都發出「死無葬身之地」的浩嘆。就是這兩個人物的背景及故事，最足以代表中國近數十年的崎嶇與坎坷，而這類人在美國又最恰以表示中國人「流離」之哀，可見選擇人物來反映晚近中國的時代悲劇，是白先勇經過千思萬慮而決定的。這一決定當然是適當的。

選取叙事觀點又怎樣呢？這篇小說中的叙事觀點是這個眼睛看著、耳朵聽著的人是誰？那是一個後輩，是兩個主角大伯、表伯的「侄兒」。因爲他們有親戚關係，所以聽長輩來講當年的故事，乃特別有親切感，而他是後輩，對這些驚心動魄的故事在似識未識之間，所以在親切感當中又有某種客觀的距離，這種距離反而能增加可信性，對讀者更有說服力。

這篇小說叙事觀點的選擇，有個巧妙的竅門，便是既縮短距離又拉遠距離，恰到好處。就像電影中鏡頭拉得準確，達到最適當的傳達形象、感覺、感情的效果。

一般來說，第一人稱的觀點，是最近距離，是比較主觀的，但小說中這個「我」齊生卻是「客觀的」，因爲他一直在「旁聽、旁觀」，有拉遠距離的作用；反而敘說當年故事的老人，表伯鼎立和大伯羅任重這兩個「他」，成了主觀者、代替了「我」的身分，又拉近了距離，白頭宮女話天寶，無限的辛酸、委屈、沉痛，對自己數十年來的際遇一一申訴。這個「他」「我」互換位置和功能的手法，是很值得我們欣賞的。

白先勇選取這兩個人物，不光是因爲他們飽經憂患，背負著近數十年中國變局的歷史，而是他們的身分和際遇，有強烈的「反諷性」，而這種「反諷」，恰恰又是中國時代的反諷。一連串的錯位，悲慘而可笑，壯烈而荒誕，是國共兩黨「革命」之爭的寫照。

大伯原是國民黨的軍官，是屢立戰功的抗日英雄。抗日之外他也幫國民黨殺共產黨及大抓反國民黨的「民主人士」，也抓過這位表弟，他說：「你表哥這一生確實殺了不少人。那時我奉了蕭先生的命令去殺人，並沒有覺得什麼不對，爲了國家嘛。可是現在想想，雖然殺的都是漢奸、共產黨，可是到底都是中國人哪，而且還有不少青年男女呢。殺了那麼些人，唉——我看也是白殺了。」

但這個國民黨的忠貞分子，先是在抗戰勝利後不肯同流合污去做「五子登科」的「劫收」勾當，被國民黨同志誣陷，指他在坐僞政府的監獄時有「通敵」之嫌。後來到了台灣，「因爲人事更替，大伯耿直固執的個性，不合時宜，起先是遭到排擠，後來被人誣告了一狀，到外島去坐了兩年牢。……」

如今落得在舊金山擺個舊書攤，一身的病，窮愁末路，擔慮著客死異鄉無以爲葬的悲哀。

表伯這個人又怎樣呢？

他是知識分子、民主鬥士，抗戰勝利後目擊國民黨官員的貪污腐化，竟同情起共產黨來，一天到晚搞學潮，大罵國民黨官員的表哥爲「劊子手」、「走狗爪牙」，上海解放，他率領「民盟」代表團去歡迎陳毅，他是共產黨的支持者。

結果他幫共產黨的忙卻吃了共產黨的大虧，如今兩人流落異國，同病相憐，唏噓嘆息。在表侄這個後輩滿心稱讚民主人士當年勇敢的時候，他長長的吁了一口氣，說：「民盟後來很慘」，「我們徹底地失敗了，五七年反右，『章羅反黨聯盟』的案子，把我們都捲了進去，全都打成了右派……」

在「反右」中他當然受盡折磨，但繼而又來「文革」，他說：「文革時候，我們的『五七幹校』就在龍華，『龍華公墓』那裏，我們把那些墳都鏟平了，變成了農場。那是個老公墓，有的人家，祖宗三代都葬在那裏，也統統給我們挖了出來，天天挖出幾卡車的死人骨頭——我的背，就是那時挖墳挖傷的——」

因此這兩個人物的遭遇：他們所支持的政黨反過來打擊他們，個人所追求的理想達不到，他們各自嚮往的對國共的希望不但落了空，而且錯了位，革命、戰鬥、救國，原來竟落得如此的一片「哈哈鏡」的倒照：爲之獻身的竟是腐化墮落，失盡民心；爲之吶喊的竟又專制獨裁，不恤民命，所以大伯對表伯伸出手去，拍了他一下高聳的肩胛，「我們大家辛苦了一場，都白費了——」

「白費了！」三字，就是最大的反諷，不光是他們兩人的「白費」，而是整個時代、幾次革命、無數中國人生命財產犧牲的「白費」，作者要質問的是，你們統治者、革命者，究竟為中國人做了什麼？

兩個人物的控訴乃變成了作者的控訴，同時表達了革命的反諷、戰鬥的荒誕、理想的錯位，是中國五十年歷史的濃縮寫照。作者雖淡淡道出，其實像具有深厚內功的大俠，緩緩一掌拍出，有摧山倒海的力量。

但是，作者的內力不曾及此而止，他昇進了更深一層的境界：點出一個非常重要的中國文化特質之失落，表現中國文化的一個大悲劇。

說到中國文化，筆者要叉開一點，講一下我對中西文化異同的看法；談談落葉歸根、「狐死首丘」的中華意識。

這篇小說題名為「骨灰」，就是指明安葬是個主題。所以這篇小說其實有兩個主題，一個是表現中華民族近半世紀的時代、革命、戰爭的荒謬，另一個就是對中國傳統文化「落葉歸根、入土為安」的乖離現象的控訴。

中國禮俗為什麼這樣重視「安葬」，是有儒家文化根源的。因為儒家文化無基督教的天國觀念，天國觀念對於死亡是講「永生」的，已回到上帝身邊、進入天堂，在地上已一無所有，但由肉身之腐朽而變成靈魂之不朽，由於有此觀念，所以基督教雖亦重視安葬，但絕不如儒家思想薰陶下的中國人那樣重視。

儒家思想特色之一是所謂「通幽明」，即在現世間的大地上，死者和生者似乎仍然相通。此事說來似不可解，但其實你想想，人都有死，各種宗教或哲學都要解決死後似不死的問題。基督講「永生」，儒家文化的解決方式則是，要永遠為後人追念，代代一脈相承。

這一方面的表現為族譜，有些可以上溯千多二千年。另一方面的表現為墓地、宗祠，墓地事前選好，或與祖先在同一處，而又要看風水，務要認為安葬於此可以使後代子孫昌盛。在宗祠裏，列宗列祖都有牌位，好像仍然存在於宗族裏一樣。每年總有子孫掃墓和祭拜，死者必為後代長遠記憶，懷念省思。因為有這種生死相通的連帶關係，所以中國老人都非常希望安葬鄉土故園，以求死得心安。

是以我們千萬別像當年耶穌會教士或中國共產黨一樣，以為拜祭祖先僅僅為迷信，其實有文化根源。

白先勇深深明白這是一種中華文化傳統精神，但給中共破壞了。在小說的結尾，白先勇著力描寫了一場惡夢，是文革時期表伯（夢中錯位爲大伯）勞改鏟掘公墓，「發狂似在挖掘死人骨」，「像白森森的小山」這一方面表示這種政策連死人都不能安，亦表示對中華文化主要特質之一的摧殘。

敘事者齊生是要去上海，安供父親的骨灰並接受中共爲他父親「平反」的儀式。他父親被批判爲「反動學術權威」、「反革命分子」、「裏通外國」等等罪證，而死在勞改場上，骨灰一直找不到。這是中國傳統風俗中最大的悲哀。深具諷刺性的是，當齊生這個「歸國學人」爲美國公司與中國作了三千多萬美元的交易以及技術合作，骨灰也就找到了。並且要「平反」。

作者對摧殘中華文化傳統安葬禮俗的控訴，而以與大陸做生意纔能找到父親的骨灰，諷刺是很有力的。齊生及他哥哥對父親骨灰這麼重視，正是中國傳統文化意識的表現，而交通大學因爲齊生是美籍華人帶來「合作利益」纔當找骨灰是一回事，表現了對中華文化的乖離之外，也暴露了祇重功利的本質。

至於兩個老人，都央求姪子爲他料理後事，而有死無葬身之地的慨嘆。一個說：「一把火燒成灰，統統撒到海裏去，任他飄到大陸也好，飄到台灣也好——千萬莫把我葬在美國！」

一個說：「你從中國回來，可不可以帶我到處去看看。我想在紐約好好找一塊地，也不必太講究，普通一點的也行，只要乾淨就好——」

也就是說都回不了家鄉，都失落了「落葉歸根」的文化傳統。時代的殘酷、歷史的乖離，使當年各爲理想效忠的老人落得晚景無落腳處，象徵著中國人的流離，中國文化的飄零。說明中華民族近五十年是一場荒謬的悲劇。

由這篇小說，可見白先勇以非常沉痛的心情看這段歷史，他對中華文化的承擔精神、對中華民族的憂患意識，都一一表露無遺。同時技巧非凡，細緻到連一句詩詞的引用（如「此身雖在堪驚」註）都與主題及人物相配得天衣無縫，其他技巧的高超也不及細說。總之，白先勇是一位令我們讚嘆佩服的中國小說家。

註：此爲陳與義在宋室南渡大悲劇、大流離之後所作。全詞云：

憶昔午橋橋上飲，坐中多是豪英。長溝流月去無聲。杏花疏影裏，吹笛到天明。
二十餘年成一夢，此身雖在堪驚！閑登小閣看新晴。古今多少事，漁唱起三更。

時代的大變動，以及「二十餘年成一夢，此身雖在堪驚」，對兩位老人尤其是大伯的際遇都非常適合。

附錄二

跨越與救贖

——論白先勇的〈Danny Boy〉

劉俊

二〇〇一年十二月，《中外文學》第三十卷第七期刊登了一篇白先勇的短篇小說〈Danny Boy〉，在這篇小說中，作者向我們「講述」了一個患了愛滋病的同性戀者的故事。同性戀者在白先勇的筆下並不是新近出現的人物形象，事實上在白先勇的小說創作中，同性戀者的身影可以說伴隨始終，從早期的容哥兒（〈玉卿嫂〉）[1]、吳鐘英（〈月夢〉）、畫家（〈青春〉），楊雲峰〈寂寞的十七歲〉、玫寶（〈上摩天樓去〉），到後來的「我」（〈孤戀花〉）、教主（〈滿天裏亮晶晶的星星〉），再到《孽子》中的李青、吳敏、小玉、王夔龍、楊教頭，一個又一個同性戀者的相繼登場，共同構成了白先勇小說世界中的同性戀人物系列——這是白先勇小說中最豐富多彩、生動複雜的人物形象系列之一。不同於以往只是展示同性戀者的生活形態、心理感受以及爲他們在道德、情感和倫理上的生存合法性進行藝術化的訴求，〈Danny Boy〉呈現的是同性戀者中的特殊群落——患有愛滋病的同性戀者。這樣的同性戀形象是白先勇以往的小說中所沒有的，「同性戀」與「愛滋病」是兩個具有高度敏感性的字眼，塑造出一個集這兩者於一身的人物形象，白先勇究竟要告訴我們什麼呢？

一、主題探討

小說的主人公雲哥可以說自幼不幸——父親在他還沒有出世就已離開人間，母親在他出生後就遠嫁日本，他過繼到叔叔家，過著寄人籬下的生活，「雲哥很識相，他謹守本份，退隱到家庭一角，默默埋首於他的學業」。孤寂的雲哥在中學時就「立志要當中學老師」，最後如願以償，師範大學英文系畢業後，到C中教書，他那單身宿舍牆壁上掛滿一排的獎狀足以證明：雲哥是位深受學生敬愛的模範老師。

然而這是雲哥人生的外在形態和軌跡，在他的內心深處，他還有一個難與人言的世界——他是一個同性戀者，社會對教師的道德化形塑和他性向形態（同性戀）與世俗道德的不相容性所形成的巨大張力，令雲哥的內心一直遭受著痛苦的煎熬。也許是在尋找自己童年時的影子吧，雲哥的愛總是傾注在那些落寞孤單、敏感內向的「大孩子」身上，這種「說不出口的愛」使他陷於永無盡頭的痛楚而難以自拔——「那是一種把人煎熬得骨枯髓盡的執迷」，一方面是內心「邪火的焚燒」，另一方面是全力掩護內心的隱秘，「絕對不會讓任何人察覺半點我內心的翻攪掀騰」，這樣長期的撕扯掙扎終於導致了雲哥的崩潰，對K示愛所引發的「吳老師精神錯亂」的判斷，最終使雲哥模範老師的形象毀於一旦，並從此離開學校，遠赴異國。

在異國，雲哥既沒有教師身分的道德化約束，也脫離了熟悉環境的籠罩，長期壓抑著的欲望得到了充分的釋放：

到了晚間，回到六十九街的公寓閣樓裏，我便急不待等的穿上夜行衣，投身到曼哈頓那些棋盤似的大街小巷，跟隨著那些三五成群的夜獵者，一條街、一條街追逐下去，我們在格林威治村捉迷藏似的追來追去，追到深夜，追到淩晨——

雲哥「在往下直線墮落，就如同捲進了大海的旋渦，身不由己的淹沒下去」，欲望放縱的結果是染上了HIV，爲了逃避愛滋病發的可怕結局，雲哥曾服藥自殺，自殺失敗後，雲哥「在絕望的深淵中，竟遇見了我曾渴盼一生、我的Danny Boy」。

〈Danny Boy〉原爲一首愛爾蘭民歌，是一位律師爲他早逝的兒子所寫，這首歌的歌詞情感深摯、哀切動人，旋律則憂鬱感傷、淒婉纏綿，一經傳唱，風行歐美，並常常成爲葬禮上表達對逝去親人哀思的保留曲目——這使它事實上具有了一種輓歌的性質。小說中雲哥遇到的Danny Boy是個名叫丹尼（Danny O'Donnell）的愛滋病患者，在照顧丹尼的過程中，雲哥不但找到了靈魂昇華的動力，同時也獲得了心靈安生的歸宿。如果說過去的雲哥是被情欲牽扯著騷動不安、備受煎熬的話，那麼此時的雲哥卻有了一種涅槃後再生的精神寧靜——他實現了從「肉」的焦躁向「靈」的靜謐的跨越。

「靈肉之爭」原本是白先勇小說的一個基本主題，在以往的「白先勇的小說世界中，靈與肉之間的張力與扯力，極端強烈，兩方彼此撕鬥，全然沒有妥協的餘地」[2]，可是在〈Danny Boy〉中，「靈」與「肉」的關係已不再停留在

「彼此撕鬥，全然沒有妥協」的層面，而是從「靈肉衝突」進化爲「靈」戰勝「肉」。不是把「靈」與「肉」作爲兩個對立因素放在同一個平面上進行單純的「靈肉之爭」的呈現，而是在「靈肉之爭」的鋪墊之後，更注重對「肉」向「靈」的跨越以及這種跨越後幸福和喜悅的表現——這是白先勇在〈Danny Boy〉中對「靈肉之爭」主題的豐富和深化。

其實「跨越」在〈Danny Boy〉中並不僅體現爲雲哥從「肉」向「靈」的跨越，對雲哥而言，「跨越」在小說中至少可以涵蓋這樣幾個方面的內容：從「靈肉衝突」向「肉的放縱」的跨越；從「肉的放縱」向「靈的昇華」的跨越；從「一般同性戀者」向「患有愛滋病的同性戀者」的跨越；從「孤獨」向「敞開胸懷幫助別人」的跨越；從「凡人」向「有宗教情感」的跨越；從「生」向「死」的跨越。對於小說中的另一個重要人物韶華，「跨越」則意味著她對雲哥認識的深入（從「不知」雲哥是同性戀者到「知」）和對愛滋病患者的包容接納（「我在床邊跪了下來，倚著床沿開始祈禱，爲雲哥、爲他的Danny Boy，還有那些千千萬萬被這場瘟疫奪去生命的亡魂念誦一遍《聖母經》」）。對於整個小說而言，「跨越」則是指「非愛滋病患者」和「非同性戀世界」對「愛滋病患者」和「同性戀世界」偏見的消除和彼此的溝通（在小說中通過修女玫瑰瑪麗和韶華來體現）。因此，從某種意義上講，「跨越」不但是小說〈Danny Boy〉情節發展的動力，同時它也是這篇小說的基本內核。在所有的這些「跨越」中，有兩個「跨越」最爲重要——雲哥從「肉的放縱」向「靈的昇華」的跨越和「非愛滋病患者」「非同性戀世界」向「關愛愛滋病患者」「理解同性戀世界」的跨越——正是這兩個「跨越」構成了小說〈Danny Boy〉主題的一個方面。對於前者，小說通過雲哥對丹尼的照顧來表現；對於後者，則以修女玫瑰瑪麗參與看護愛滋病患者（包括同性戀者）和韶華爲死去的所有愛滋病患者（包括同性戀者）祈禱來展示。

「『香提之家』是一個AIDS病患的互助組織，宗旨是由病情輕者看護病情重者，輪到自己病重時，好有人照顧」，雲哥在這裏幫助的丹尼，由於年幼無知，犯法坐牢，在牢裏被強暴後染上愛滋病，得病後他被家庭拋棄，連耶誕節想回家也遭拒絕，「他們堅決不讓我回家，怕我把AIDS傳染給我弟弟妹妹」。面對這樣一個身染沉疴、慘遭家庭棄絕的「孤獨者」，雲哥的「痛惜之情竟不能自己」，彷彿看到了那些他爲之心動的孩子們「好像一下子又都回來了，回來而且得了絕症垂垂待斃，在等著我的慰撫和救援」，正是在對丹尼的照顧中，雲哥感受到了「一種奇異的感動」，甚至「我那早已燒成灰燼的殘餘生命，竟又開始閃閃冒出火苗來」——Danny Boy 讓雲哥在精神上昇華了，復活了，雲哥的生命從此變得充實而又富有意義。

「肉」向「靈」的跨越，在雲哥是通過「幫人」（救人）來實現的，如同「香提之家」的宗旨所寓示的那樣，雲哥在那裏幫人（救人），其實也是在幫自己（自救），拯救別人之路也就是自己靈魂的淨化之路——因而也就是自我救贖之路。精神的大愛代替了過去的情欲之愛和肉欲追逐，在小說中，精神大愛具體化爲「同病相憐」：

我讓他將一隻手臂勾著我的脖子，兩人互相扶持著，踉踉蹌蹌，蹭入了浴室……折騰了半天，我才替丹尼將身體洗乾淨，兩人扶持著，又踉蹌走回房中。

這種「扶持」雖然「踉蹌」，卻使雲哥從孤絕中走出，有了「一生中最充實的十四天」。「香提之家」的存在和雲哥的「扶持」不但使丹尼有了「家」的感覺，也使雲哥終於找到了自己靈魂的「家」。而更爲重要的是，在上面這幅溫馨的「扶持」圖中，其隱含的寓義除了雲哥自身「救人—自救」的救贖意味，其實還暗示著人類「救人—自救」的救贖之路：「同性戀者」和「愛滋病患者」也是我們人類的成員，對他們，「非同性戀者」和「非愛滋病患者」如果能跨越偏見，理解並幫助（救護）他們，那將是一幕感人至深的圖景，也是人類更加理性、更加人性的標誌，因爲，幫助（救護）他們，也是在幫助（救護）我們人類自己。小說中，這種人類的「救人—自救」之路是通過修女玫瑰瑪麗和韶華的行爲（溝通、理解、包容、接納、照看、祈禱）來表現的——它和雲哥的「救人—自救」一起構成雙重的「救人—自救」形態，而這一形態正構成了小說〈Danny Boy〉主題的另一個方面。

二、藝術分析

在〈Danny Boy〉中，遺留有白先勇在以往作品中運用過的一些藝術手法，如借助「時間」和「死亡」來表現人之脆弱；在映襯和對比中刻劃人物和推動情節；通過隱喻和象徵使作品具有「寫實」和「寓言」雙重品格；以書信體的方式進行人物的內心獨白；叙述語言形象生動富有感染力；在人物命名上灌注意義；以戲（歌）點題等，然而，在繼續使用這些藝術手法的同時，白先勇在〈Danny Boy〉中還進行了一些新的藝術嘗試，在藝術形態上有所創新，這些創新主要體現在如下幾個方面：

(1)以兩個「獨白體」的「對話」形式構成小說的總體框架和基本形態。〈Danny Boy〉這篇小說，由兩部分組成，前一部分爲雲哥去世前寫給韶華的一封信，後一部分是雲哥去世後韶華對雲哥的回憶，這兩部分均是「自說自話」的「獨白」，它們在物理的時空形態上相互獨立，在屬性上也分屬兩個不同的世界——前者屬於「同性戀者」、「死者」；後者屬於「非同性戀者」、「生者」，然而，在精神、心靈和情感層面，作者卻將這兩個各不相屬的「獨白」部分進行了互滲和交融，雲哥的信是寫給韶華的，因此他「獨白」的物件是韶華——一個在性向形態上不同於他的親人（異性戀的堂妹），他能向她「獨白」，說明他是信任她的，也相信她能理解自己；韶華則是在面對雲哥舊居的時候進行思緒的「獨白」，她「獨白」的物件是自己——她回憶了她記憶中的雲哥，在韶華的印象中，「雲哥是個受過傷的人」，因此她對雲哥，一直有一份不忍之心，對於雲哥的去世，韶華在痛心之餘，也爲他在生命的最後一刻「不再感到孤獨與寂寞」而欣慰。這樣的「獨白」，在傾訴與雲哥的交往和對雲哥的深情的同時，充分表明韶華是摯愛著雲哥的（而不論他是不是「同性戀者」和「愛滋病患者」），「理解的同情」使韶華在小說的最後爲雲哥（以及與雲哥一樣死於愛滋病的所有人）祈禱。至此，兩個不同時空、不同世界的「獨白」實現了跨越生死、性向（以及由此延伸出的道德、倫理）的「溝通」。以「獨白」的形式書寫「對話」，讓外在的不相干與內裏的信賴、理解和包容形成交流和互動，這樣的小說設計，無疑使〈Danny Boy〉在「內」「外」形態上形成了巨大的反差，產生了極強的藝術效果。

(2)「虛實重疊」和「形體互證」的綜合運用。「虛實重疊」是指「虛」（象徵）「實」（寫實）兩種手法互相疊加，「形體互證」則是指「形」（形式）和「體」（內容）之間互相說明。在小說〈Danny Boy〉中，一些看似寫實的地方，其實已含有了象徵的意味。比如下面這一段：

不知為什麼，韶華，我看到修女玫瑰瑪麗穿上白衣天使的制服時，我就想到你，雖然她的身子要比你大上一倍，可是她照顧病人時，一雙溫柔的眼睛透出來的那種不忍的神情，你也有。我記得那次到醫院去探望你，你正在全神貫注替一位垂死的癌症病人按摩她的腹部，替她減輕疼痛。我看見你的眼睛噙著閃閃的淚光。

這段話看上去是在客觀敘事，可是處處充滿象徵：修女的宗教身分加上宗教裏的天使傳說，使得玫瑰瑪麗與天使之間有了某種內在的聯繫，她和身爲護士（有「白衣天使」之稱）的韶華共同具有的對病人的溫柔、不忍，正是「愛所有一切人」的大愛精神的體現，聖潔而又慈悲的玫瑰瑪麗和韶華，正可以被視爲是將愛帶給人間的天使的象徵。此外，像前面提到的雲哥與丹尼之間的「扶持」；丹尼父母不讓他「回家」而「香提之家」對他的接納，以及雲哥把Danny Boy（丹尼）「洗乾淨」並讓他在自己的「懷」裏嚥下最後一口氣；大偉對雲哥的「陪」伴，都可以從「寫實」的背後，看到「象徵」的意味。

如果說「虛實重疊」的手法在白先勇的其他小說中也曾經運用過的話，那麼將這種手法與「形體互證」結合起來綜合運用的作品就不多見了——〈Danny Boy〉是這兩種手法綜合運用的成功範例，前面已經分析過，這篇小說的主題是「跨越與救贖」（體），而在表現這一主題時，卻「以『獨白』寫『對話』」（形）爲基本格局，原本互不相干的「獨白」能夠跨界形成「對話」，正是對「跨越」（以及「跨越」之後實現「救贖」）主題的形式層面的「說明」，反過來，「跨越與救贖」主題（體）的主觀安排和現實可能，也爲「以『獨白』寫『對話』」（形）的設計提供了前提。這種以「形」襯「體」、以「體」帶

「形」、「形」「體」互證的手法，使得內容（體）就是形式（形），形式（形）即爲內容（體），內容（體）形式（形）融爲一體，再穿插、交織以「虛實重疊」手法，令〈Danny Boy〉在表現形態上更加繁富，更加圓熟。

(3)以「複調」方式豐富小說的內涵。這裏的「複調」是指作者在〈Danny Boy〉這篇小說中一直內隱著「明」、「暗」兩條線，兩條線「裏」應「外」合，形成複調，小說中「明」的一條線是指對歌曲〈Danny Boy〉的借用和對「宗教」的一再指涉，「暗」的一條線則是指在歌曲〈Danny Boy〉和「宗教」背後內蘊著的「所指」內涵。由於〈Danny Boy〉這篇小說以歌曲〈Danny Boy〉命名，而雲哥照顧的Danny O'Donnell（丹尼），其Danny的名字、愛爾蘭人的身分與愛爾蘭民歌〈Danny Boy〉之間隱含著的對應，最終使他成了雲哥的Danny Boy，因此〈Danny Boy〉這首歌就成了結構這篇小說的一個核心樞紐，而作品對「宗教」看似無意實則有心的始終貫穿（修女、天使、教堂、上帝、教徒、懺悔、祈禱、《聖母經》等與「宗教」有關的「因素」忽隱忽現地在小說中一直延續著），以及「救贖」意旨的著意傾注（「救贖」一詞原本就源自宗教），也使「宗教」的存在成爲整合小說的重要聯結。在某種意義上講，歌曲〈Danny Boy〉和「宗教」的共同作用，勾聯起了這篇小說所有的重要因素。

歌曲〈Danny Boy〉和「宗教」在小說中的出現是「明」的，「暗」地裏，〈Danny Boy〉和「宗教」還有著屬於它們自己的「內容」。〈Danny Boy〉這首歌原本就包含著父親對兒子的深厚感情，而當這種愛與死亡聯接在一起時，愛就更具錐心之痛——由是，隱含在歌曲〈Danny Boy〉之中的「生死兩隔的父子之愛」，以及它常在葬禮上傳唱的輓歌性質，就成了〈Danny Boy〉的「典故」，而這「典故」又正與雲哥和丹尼的情感、關係相暗合：雲哥與丹尼的情感、關係，如同父子；雲哥對丹尼的愛，也正與死亡和追悼相聯接，這樣，每當小說中「明」的出現〈Danny Boy〉的時候，如同「用典」一般，它「暗」裏包容著的「生死兩隔的父子之愛」就同構地寓示出雲哥與丹尼的情感、關係，而〈Danny Boy〉的輓歌性質，也實際暗含著這篇以 Danny Boy 命名的小說其實是一首哀悼所有愛滋亡魂的輓歌，是一首唱給所有因愛滋而離開這個世界的悲苦靈魂的安魂曲。同樣，「宗教」內裏上帝與子民間的「大愛精神和互愛關係」以及由宗教而生的「救贖努力」，也使「宗教」因素在「明」的出現時，即「暗」中同構地呈現在雲哥、玫瑰瑪麗、韶華、大偉等人（推而廣之體現在愛滋病患者對愛滋病患者、非愛滋病患者對愛滋病患者、同性戀者對同性戀者、非同性戀者對同性戀者）的身上。由於歌曲〈Danny Boy〉和「宗教」是結構小說的兩大要素，因此其「明」「暗」之間的複調無疑使〈Danny Boy〉這篇小說的內涵更加豐富和擴大，也隱然使小說在總體結構上具有了一種複調的性質。

〈Danny Boy〉中「明」、「暗」兩條線的複調形態，與白先勇以前作品中使用過的「對比」手法有一定的相似性，不同在於，「複調」重在「明」「暗」呼應，含蓄映襯；「對比」則突出「明」「明」對照，坦然呈現。相對於後者而言，「複調」方式要來得更加富有藝術性。

從總體上看，〈Danny Boy〉無論是在主題的深化還是在藝術的創新上，都顯現出白先勇努力超越以往創作的努力：塑造新的同性戀者形象，在「靈—

肉衝突」的基礎上進而表現「肉—靈跨越」，全面代入「宗教」精神，設計種種新的表現手法，是白先勇在〈Danny Boy〉中提供的「新質」。這些「新質」的介入，無疑使白先勇的小說世界更加精采、更加豐富。

註：

1. 參見夏志清《白先勇早期的短篇小說‧〈寂寞的十七歲〉代序》，《寂寞的十七歲》，遠景出版社，一九七七年三月版。
2. 歐陽子：《王謝堂前的燕子——《臺北人》的研析與索隱》，爾雅出版社，一九七六年版，第一八頁。

原載二〇〇三年二月號《文訊》

作者年表

一九三七年　七月十一日生於廣西南寧，不足週歲遷回故鄉桂林，是年抗戰開始。

一九四三年　就讀桂林中山小學一年級。

一九四四年　逃難重慶，因患肺病輟學。

一九四六年　抗戰勝利後，隨家人赴南京、上海，居上海虹橋路養病兩年。

一九四八年　遷居上海畢勛路（今汾陽路），復學就讀徐家匯南陽模範小學，是年底離開上海。

一九四九年　暫居漢口、廣州，離開中國大陸赴香港。

一九五〇—五二年　在香港就讀九龍塘小學後入英語學校喇沙書院（La Salle College）唸初中。

一九五二年　赴臺灣與父母親團聚。
就讀臺北建國中學，首次投稿野風雜誌。

一九五六年　入成功大學水利系，在報章發表散文。

一九五七年　轉考臺灣大學外文系。

一九五八年　首次在文學雜誌五卷一期發表〈金大奶奶〉。

一九五九年　〈入院〉刊文學雜誌五卷五期，後改篇名為〈我們看菊花去〉。

〈悶雷〉刊筆匯革新號一卷六期。

一九六〇年　與級友歐陽子、王文興、陳若曦等人創辦《現代文學》，為臺灣六〇年代最有影響之文學雜誌。

〈月夢〉刊現代文學第一期。

〈玉卿嫂〉刊現代文學第一期。

〈黑虹〉刊現代文學第二期。

一九六一年　〈小陽春〉刊現代文學第六期。

〈青春〉開現代文學第七期。

〈藏在褲袋裏的手〉刊現代文學第八期。

〈寂寞的十七歲〉刊現代文學第十一期。

〈金大奶奶〉由殷張蘭熙譯成英文，收入她所編之 *New Voices*（Taipei: Heritage, 1961）

臺灣大學畢業，服役軍訓一年半。

一九六二年　〈畢業〉刊現代文學第十二期。

〈玉卿嫂〉由殷張蘭熙女士譯成英文，收入由吳魯芹所編之 *New Chinese*

Writing（Taipei: Heritage Press 1962）。

一九六三年　母親病逝，赴美留學，入愛奧華大學（University of Iowa）「作家工作室」（Writer's Workshop）

一九六四年　〈芝加哥之死〉刊現代文學第十九期。
〈上摩天樓去〉刊現代文學第二十期。
〈香港一九六〇〉刊現代文學第二十一期。
〈安樂鄉的一天〉刊現代文學第二十二期。

一九六五年　獲碩士學位，赴加州大學聖芭芭拉分校（University of California, Santa Barbara）任教中國語文。
〈火島之行〉刊現代文學第二十三期。
〈永遠的尹雪艷〉——《臺北人》首篇，刊現代文學第二十四期。
〈謫仙記〉——《紐約客》首篇，刊現代文學第二十五期。
〈香港一九六〇〉自譯為英文發表於 *Literature*: East & West VI IX No.4。

一九六六年　〈一把青〉刊現代文學第二十九期。
〈遊園驚夢〉刊現代文學第三十期。
父親病逝，返臺奔喪。

一九六七年　〈歲除〉刊現代文學第三十二期。

一九六八年

〈梁父吟〉刊現代文學第三十三期。

《謫仙記》短篇小說集出版，文星書店印行。

〈金大班的最後一夜〉刊現代文學第三十四期。

出版《遊園驚夢》短篇小說集，仙人掌出版社印行。

一九六九年

〈那片血一般紅的杜鵑花〉刊現代文學第三十六期。

〈思舊賦〉刊現代文學第三十七期。

〈謫仙怨〉刊現代文學第三十七期。

〈滿天裡亮晶晶的星星〉刊現代文學第三十八期。

一九七〇年

〈孤戀花〉刊現代文學第四十期。

〈冬夜〉刊現代文學第四十一期。

〈花橋榮記〉刊現代文學第四十二期。

一九七一年

〈秋思〉刊中國時報。

〈國葬〉刊現代文學第四十三期。

〈謫仙記〉由夏志清及作者譯成英文，收入由夏志清所編 *Twentieth-Century Chinese Stories*（Columbia University Press, New York and Landon 1971）

與七弟先敬創辦「晨鐘出版社」，出版文學書籍一百餘種。

出版《臺北人》短篇小說集，晨鐘出版社印行。

一九七三年　《現代文學》創刊十三年共五十一期，因經費困難而暫停刊。
升副教授，獲終生教職。

一九七五年　〈永遠的尹雪艷〉由 Katherine Carlitz and Anthony Yu 合譯成英文。
〈歲除〉由 Diana Granat 譯成英文。
右兩篇同載於 *Renditions* No.5 Autumn 1975（The Chinese University of Hong Kong）。
〈花橋榮記〉、〈冬夜〉由朱立民譯成英文，載於《中國現代文學選集》。*An Anthology of Contemporary Chinese Literature, Taiwan*: 1949-1974, Vl. 2, Short Stories（Taipei, National Institute for Compilation and Translation. 1975）。

一九七六年　〈冬夜〉由 John Kwan-Terry and Stephen Lacey 譯成英文，載於劉紹銘所編 *Chinese Stories From Taiwan*: 1960-1970（New York, Columbia University Press, 1975）。
歐陽子著《王謝堂前的燕子》（《臺北人》的研究與索隱），爾雅出版社印行。

一九七七年　《寂寞的十七歲》小說集出版，遠景出版公司印行。
《現代文學》復刊。

長篇小說〈孽子〉開始連載於《現代文學》復刊號第一期。

"The Short Stories of Pai Hsien-yung（1937-）", by Bess Man-ying Ip, M.A. thesis.

University of Auckland, New Zealand.

"Westem Influence in the Works of Pai Hsien-yung", by Susan McFadden, M.A. thesis, University of Indiana.

一九七八年

〈孽子〉繼續連載。

《臺北人》韓文出版社，許世旭譯，收於「世界文學全集」第七十九集，三省出版社。

"Der Schriftsteller Pai Hsien-yung

Im Spiegel Seiner Kurzgeschichts, 'Staatsbergräbnis."

M.A. thesis by Alexander Papenberg,

University of Heidelberg, Germany

《驀然回首》散文集出版，爾雅出版社印行。

一九七九年

〈夜曲〉刊中國時報「人間」副刊。

〈永遠的尹雪艷〉刊於北京《當代》雜誌創刊號，此為首篇臺灣小說發表於中國大陸。

一九八〇年　《白先勇小說選》出版。王晉民選編，廣西人民出版社印行。〈遊園驚夢〉英譯刊香港中文大學《譯叢》第十四期，作者與Patia Yasin合譯。

一九八一年　〈孽子〉由新加坡南洋商報全文連載完畢。升正教授。

一九八二年　出版《遊園驚夢》劇本，遠景出版公司印行。出版《臺北人》英譯"*Wandering in the Garden, Waking from a Dream*"印第安那大學University of Indiana出版，作者及Patia Yasin合譯，喬志高編。《白先勇短篇小說選》出版，福建人民出版社印行。小說〈遊園驚夢〉作者改編成舞台劇，在臺北國父紀念館演出十場，盛況空前。

一九八三年　出版長篇小說《孽子》，遠景出版社印行。新版《臺北人》出版，爾雅出版社印行。

一九八四年　〈金大班的最後一夜〉、〈玉卿嫂〉改編電影上演。出版《明星咖啡館》散文集，皇冠出版社。

一九八五年　《金大班的最後一夜》、《玉卿嫂》電影劇本出版，遠景出版社印行。〈孤戀花〉改編電影上演。

被加州大學聖芭芭拉分部選為「年度教授」（Professor of the Year）。

《臺北人》，北京中國友誼出版公司出版。

一九八六年　《孽子》改編電影上演。

"*Einsam Mit Siebzehn*" 德譯《寂寞的十七歲》短篇小説集出版，Wolf Baus, Susanne Ettl 譯，Diederichs 印行。

〈玉卿嫂〉由舒巧改編舞劇在香港上演。

一九八七年　赴上海復旦大學講學，闊別三十九年重返中國大陸。

"*Enfance à Guilin*" 法譯《玉卿嫂》出版，Francis Marche, Kong Rao Yu 譯，Alinea 印行。

《白先勇自選集》出版，香港華漢出版事業公司印行。

《骨灰》（白先勇自選集續篇）出版，香港華漢出版事業公司印行。

《孽子》出版，黑龍江北方文藝出版社印行。

"Short Story Cycle as a Genre: A Comparative Study of Tales of Taipei Characters and Dubliners": by Chang Shuei-may, M.A. thesis, Tamkang University, Taipei, 1987.

一九八八年　《遊園驚夢》舞台劇在廣州、上海演出，由廣州話劇團、上海崑劇團、上海戲劇學院等聯合演出。同年此劇又赴香港演出。

一九八九年

《孽子》，北京人民文學出版社出版。

《第六隻手指》，散文、雜文、論文集出版，香港華漢出版事業公司印行。

《寂寞的十七歲》，短篇小說集改由允晨出版事業公司出版發行。

《孽子》，改由允晨出版公司出版發行。

《最後的貴族》電影上演，改編自〈謫仙記〉，謝晉導演，上海電影製片廠攝製。

一九九〇年

《最後的貴族》在東京首演。

《最後の貴族》，日譯〈謫仙記〉等短篇小說集出版，東京德間書店印行。

"*Crystal Boys*"，《孽子》英譯本出版，Howard Goldblatt（葛浩文）譯，Gay Sunshine Press 印行。

一九九一年

《白先勇論》出版，北京社會科學文學研究所袁良駿教授著，爾雅出版社印行。

《孤戀花》短篇小說集出版，北京文聯出版社印行。

"Image Cycle and History in Pai Hsien-Yung's Taipei Jen" M. A. thesis by Steven Reid, UCLA.

一九九二年

《現代文學》雜誌一～五十一期重刊，現文出版社出版，誠品書店發行，《現文因緣》同時出版。

一九九三年　《白先勇傳》出版，中山大學王晉民著，香港華漢出版社印行，並由臺北幼獅文藝出版社同步出版。

《臺北人》出版，北京人民文學出版社印行。

《永遠的尹雪豔》短篇小説集出版，長江文藝出版社印行，四十九年後重返故鄉桂林。

一九九四年　《生命情節的反思——白先勇小說主題思想之研究》，林幸謙著，臺北麥田出版社出版。

提前退休。

一九九五年　九月，新編《第六隻手指》出版，爾雅出版社印行。

《悲憫情懷——白先勇評傳》出版，劉俊著，爾雅出版社印行。

法譯《孽子》出版，"*Garçons de cristal*", André Lévy 譯，Flammarion 出版。

德譯《孽子》出版，"*Treffpunkt Lotossee*", Bruno Gmünder 出版。

一九九六年　《白先勇自選集》出版，廣東花城出版社印行，法譯《臺北人》出版，"*Gens de Taipei*", André Lévy 譯，Flammarion 出版。

一九九七年　〈玉卿嫂〉改編電視劇上演。加州大學聖芭芭拉分部圖書館成立「白先勇資料特別收藏」檔案。其中包括白先勇手稿。

哈佛大學上演《孽子》改編英文劇，公演七場。由哈佛、波士頓及其他大學學生聯合演出，John Weinstein 改編執導。
〈那片血一般紅的杜鵑花〉譯成荷蘭文，收入"*Made in Taiwan*"選集，譯者 Vertaling Anne Sytske Keijser。

一九九八年　〈花橋榮記〉改編成電影。

一九九九年　《臺北人》入選文建會及聯合報主辦「臺灣文學經典」。發表散文〈樹猶如此〉紀念亡友王國祥。
香港《亞洲週刊》遴選「二十世紀中文小說一百強」《臺北人》名列第七，前六名分別為魯迅《吶喊》，沈從文《邊城》，老舍《駱駝祥子》，張愛玲《傳奇》，錢鍾書《圍城》，茅盾《子夜》。
上海文藝出版社出版「白先勇自選集」——《寂寞的十七歲》、《臺北人》、《孽子》三冊。
上海文匯出版社出版「白先勇散文集」——《驀然回首》、《第六隻手指》兩冊。
北京人民文學出版社選「百年百種優秀中國文學圖書」，《臺北人》入選。
〈金大班的最後一夜〉由山口守譯成日文，收入《臺北物語》短篇小說選集，國書刊行會印行。
〈花橋榮記〉、〈一把青〉譯成義大利文，譯者 Alfonso Contanza，發表於"*Encuentros en Catay*" No.13 輔仁大學。

二〇〇〇年

廣東花城出版社出版「白先勇文集」五冊，《寂寞的十七歲》、《臺北人》、《孽子》、《第六隻手指》、《遊園驚夢》，其中《臺北人》並附歐陽子之《王謝堂前的燕子》。

香港中文大學出版社出版《臺北人》中英對照本 "*Taipei People*"

臺北春暉國際影業公司拍攝電視傳記「永遠的《臺北人》」。

香港電臺電視部（RTHK）拍攝電視傳記「傑出華人系列——白先勇」。

廣東汕頭大學召開「白先勇作品研討會」。

應「日本臺灣學會」邀請為該年年會主講人，在東京大學宣讀論文〈60年代臺灣文學——『現代』與『鄉土』〉，由池上貞子譯成日文，刊登於《日本臺灣學會報》第三號。

北京作家出版社出版《臺北人》。

二〇〇一年

香港迪志文化出版《遊園驚夢二十年》。

《中外文學》三十卷第二期刊出「永遠的白先勇」專號。

應法國國家圖書館邀請，往巴黎參加「中國文學的『現代性』」研討會，發表論文〈二十世紀中葉臺灣的『現代主義』文學運動〉。

〈遊園驚夢〉譯成捷克文，收入 "*Ranni Jasmin*" 選集。

二〇〇二年

二月，《樹猶如此》出版，聯合文學出版社印行。

二〇〇三年

二月，典藏版《臺北人》出版，爾雅出版社印行。
香港天地圖書公司出版散文集《昔我往矣——白先勇自選集》。
《中外文學》發表短篇小說〈Danny Boy〉。
《孽子》由「公共電視」改編為二十集連續劇。
應香港嶺南大學之邀，擔任「胡永輝傑出訪問學人講座」主講人，發表系列演講：〈文化教育——反思與願景〉、〈中國人表「情」的方式——以古典詩詞為例〉。
應香港大學及香港政府中華文化促進中心之邀，發表四場崑曲講座以〈崑曲中的男歡女愛〉為題，並由蘇州崑劇院青年演員示範演出，歡眾滿席，反應熱烈。
應臺北市文化局之邀，為駐市作家，舉辦《遊園驚夢》演出二十週年紀念座談，當年參與《遊劇》工作者聚集於中山堂光復廳，敘舊感懷，場面温馨感人。
《孽子》由「公共電視」改編為二十集連續劇在八點檔播出，反應空前熱烈，劇組並受邀至臺灣大學等十多間大學巡迴放映座談。
聯合報副刊及允晨文化合辦《孽子》研討會。
「聯副」舉辦「白先勇文學週」，發表短篇小說〈Tea for Two〉。
獲「國家文藝基金會」所頒文學獎。

二〇〇四年

返臺全力投入崑曲經典《牡丹亭》製作演出，四月底五月初青春版《牡丹亭》臺北首演，造成崑曲界歷年來最大轟動，同年往香港、蘇州、杭州、北京、上海演出。場場爆滿，啟動兩岸三地崑曲復興的契機。

策畫出版《姹紫嫣紅牡丹亭》（臺北遠流出版社），同步出大陸版（廣西師範大學出版社）、《白先勇談崑曲》（聯經出版社），大陸版（廣西師範大學出版社）、《牡丹還魂》（時報文化出版公司），大陸版（文匯出版社），《青春、念想》（廣西師範大學出版社）。

北京作家協會首屆文學節，當選「北京作家最喜愛之海外華語作家」，並頒「海外華語作家獎」。

因製作青春版《牡丹亭》，中國大陸媒體選為年度十大最有貢獻之文化工作者。

二〇〇五年

六月，《孤戀花》（選自《臺北人》），由曹瑞原執導，在公視八點檔播出，「臺北電影節」也同時上映電影版《孤戀花》。

青春版《牡丹亭》在中國大陸著名大學北大、南開、復旦、南京大學等八所校園巡演，受到廣大青年學子熱烈歡迎喜愛，影響面擴大使中國大陸大學生對中國傳統文化、古典美學，啟蒙了新的看法，被稱為青春版《牡丹亭》的文化現象。

十二月，「青春版」再度來臺，仍然滿座。

策劃《姹紫嫣紅開遍》、《曲高合眾》、《驚夢、尋夢、圓夢》由天下文化出版社印行。

二〇〇六年

《孽子》義大利文出版。

九月十一日至十月十日青春版《牡丹亭》赴美國西岸加州大學四大校區：柏克萊、爾灣、洛杉磯、聖芭芭拉聯合公演十二場，場場爆滿，盛況空前，美國藝文界評定此次演出為自一九二九年梅蘭芳赴美巡演後中國戲曲古典美學在美國造成最大的一次衝擊。

《孽子》荷蘭文版出版。

《孽子》日文版出版。

策劃《圓夢》出版（廣東花城出版社）。

二〇〇七年

五月十一至十三日青春版《牡丹亭》在北京展覽館場隆重上演第一百場，造成百場滿座紀錄，並在北京故宮博物館建福宮舉行盛大慶功宴。

七月二十日，《紐約客》出版（爾雅出版社）。

八月七日，聯合報第十版全版刊出「相對論」專刊，由記者王盛弘、賴素鈴、梁玉芳聯合記述〈知交三十五年，白先勇、齊邦媛文學不了情〉。

十二月，劉俊撰寫《情與美——白先勇傳》出版〈時報文化出版公司〉。

二〇〇八年

四月，青春版《牡丹亭》校園巡迴至武漢大學、中國科技大學（合肥），師生觀賞人數達兩萬。

五月三至五日，加州大學聖芭芭拉分校召開「臺灣現代主義與白先勇」國際會議，作家聶華苓、施叔青、張系國、李渝、朱天文、舞鶴及多位學者參加。

日文版《臺北人》出版，譯者山口守，國書刊行會發行。

六月三至八日，青春版《牡丹亭》赴倫敦演出兩輪六場，白先勇在牛津大學、倫敦大學亞非學院作兩場演講。英國各大報好評如潮，英國學術界文化界為之傾倒，英國觀眾反應熱烈。十一至十三日，青春版《牡丹亭》參加雅典藝術節演出，希臘觀眾反響空前。

七月，隱地編《白先勇書話》出版。

九月，《白先勇作品集》十二冊由天下文化出版。陳怡蓁策畫，項秋萍執行編輯。

九月二十至二十二日，臺灣大學臺灣文學研究所主辦「白先勇文學國際學術研討會」，邀請文化界名人開講。

十月，臺灣大學文學院所設立之「白先勇文學講座」開講，首講由瑞典皇家學院馬悅然教授擔綱。此講座由「趨勢科技」贊助。

十月十七至十八日，政治大學臺文所召開「白先勇的文學與藝術國際學術研討會」。

十一月，香港大學崑曲研發中心主辦「崑曲教育與傳承」，何鴻毅家族基金會贊助，白先勇策畫。上崑、蘇崑青年演員赴港示範演出。

十二月，白先勇為「臺大文學講座」演講：〈從臺北人到青春版牡丹亭〉DVD出版，由國立臺灣大學出版中心製作發行。

二〇〇九年　十二月，白先勇為《白先勇的藝文世界》撰〈序〉，該製品為同名系列演講與座談之影像與文字記錄，包括八張DVD與〈演講手冊〉一本，由國立臺灣大學出版中心製作發行。

十二月，白先勇撰〈奇花異草：《現代文學雜誌精選集》序〉，該《精選集》由柯慶明主編，分小說、詩、散文，編選成五大冊，國立臺灣大學出版中心印行。

二〇一〇年　十一月，《白先勇與符立中對談：從臺北人到紐約客》，由九歌出版社印行。

二〇一一年　返臺親自擔任臺灣大學「白先勇文學講座」，在臺大講授「崑曲新美學」課程，臺大學生二三八六人登記初選，因課堂座位所限，僅接受四百名學生選修，並由趨勢文教基金會架設網站，作網上現場直播，以饗同好。

二〇一二年　四月二十七日，出版圖文傳記《父親與民國》——「白崇禧將軍身影集」上下兩冊，上冊為「戎馬生涯」，下冊為「臺灣歲月」，由時報文化出版公司印行。

二〇一三年 十二月，柯慶明編《白先勇》（列入「臺灣現當代作家研究資料彙編43號」一書，由國立臺灣文學館印行，新二十五開本，五六七頁。

二〇一四年 二月，與建築師王大閎一同獲頒「第三十三屆行政院文化獎」。
三月，出版《止痛療傷：白崇禧將軍與二二八》，由時報文化出版公司印行。

二〇一五年 一月，簡體版《臺北人》出版，由廣西師範大學出版社印行。
三月，出版《牡丹情緣：白先勇的崑曲之旅》，由時報文化出版公司印行。
十月，白先勇主講《紅樓夢》導讀一（16DVD＋一手冊）出版，由國立臺灣大學出版中心製作發行。
十二月，與余光中一同獲頒「二等景星勳章」。
十二月，獲頒「全球華文文學星雲獎」貢獻獎。
十二月十九日起，《一把青》（選自《臺北人》），由曹瑞原執導，在公視播出，費時三年始完成的「華人文學劇旗艦之作」。
十二月二十四至二十五日，在聯合報副刊發表短篇小說〈Silent Night〉，成為《紐約客》組曲之第七個篇章。

二〇一六年 一月，簡體版《昔我往矣》出版，由中華書局印行。

二月，白先勇主講《紅樓夢》導讀二（13DVD＋一手冊）出版，由國立臺灣大學出版中心製作發行。
五月，白先勇主講《紅樓夢》導讀三（16DVD＋一手冊）出版，由國立臺灣大學出版中心製作發行。
七月，白先勇編《現文因緣》紙本書與電子書同時出版，由聯經出版公司印行。
七月五日，《白先勇細說紅樓夢》紙本書與電子書同時出版，由時報文化出版公司印行。七月七日，由國家圖書館、財團法人趙廷箴文教基金會與時報公司聯合舉辦「新書發表會暨白先勇教授八十歲生日會」。
十一月，白先勇主講《崑曲之美：音樂與表演藝術》（6DVD＋一手冊）出版，由國立臺灣大學出版中心製作發行。

二〇一八年

四月，《白先勇細說紅樓夢》（精裝增定版），由時報文化出版公司印行。
七月，《正本清源說紅樓》紙本書與電子書同時出版，由時報文化出版公司印行。
九月，簡體版《白先勇說崑曲》出版，由中國友誼出版公司公司印行。
十二月，簡體版《樹猶如此》出版，由湖南文藝出版社印行。

二〇一九年

一月，散文集《八千里路雲和月》出版，由聯合文學出版社印行。

一月，簡體版《一個人的「文藝復興」》出版，由廣西師範大學出版社印行。

二月二十二—二十四日，白先勇經典崑曲新版系列《白羅衫、潘金蓮、玉簪記》於國家戲劇院登場，由白先勇擔任總製作人，江蘇省蘇州崑劇院製作演出。

二月二十四日，接受「看板人物」主持人方念華訪談。

四月，簡體版《我的尋根記》出版，由廣西師範大學出版社印行。

十月，簡體版《八千里路雲和月》出版，由中國友誼出版公司印行。

二〇二〇年

一月，《白先勇的文藝復興》紙本書與電子書同時出版，由聯合文學出版社印行。

二月，《紅樓夢行：《紅樓夢》的神話結構》出版，與奚淞合著，由聯合文學出版社印行。

九月，《孽子》出版四十年，允晨文化特出版精裝紀念版。

九月，《悲歡離合四十年：白崇禧與蔣介石》（三冊）出版，與廖彥博合著，由時報文化出版公司印行。

國家圖書館出版品預行編目資料

紐約客／白先勇著. --初版. --臺北市
：爾雅，民96
面；　公分. --（爾雅叢書；471）

ISBN 978-957-639-448-5（平裝）

857.63　　96011784

爾雅題字：王北岳　爾雅篆印：張慕漁

封面設計：大觀視覺顧問

紐約客（爾雅叢書之471）

作　者：白先勇

校　對：白先勇・喬　城・彭碧君・蔡木生

發 行 人：柯青華

出版・發行：爾雅出版社有限公司
臺北郵政三〇—一九〇號信箱
臺北市中正區一〇〇八二
廈門街一一三巷三十三之一號一樓
電話：二三六五四〇三六　傳真：二三六五七〇四七
郵政劃撥：〇一〇四九二五—一
網址：http://www.elitebooks.com.tw
E-mail：elite113@ms12.hinet.net

法律顧問：蕭雄淋律師（北辰著作權事務所）
臺北市潮州街一一六號六樓

印 刷 者：崇寶彩藝印刷股份有限公司
新北市中和區圖通路四三五巷二—十二號

二〇〇七（民九六）年七月二十日初版・二〇二〇（民一〇九）年十月五日七印
行政院新聞局版臺業字第〇二六五號

定價320元（如有破損或裝訂錯誤請寄回本社更換）

ISBN 978-957-639-448-5